KB199475

융통성 좀
　　　없다고

그만둘 순
없잖아

융통성 좀 없다고 그만둘 순 없잖아

초 판 1쇄 2025년 05월 28일

지은이 오은정
펴낸이 류종렬

펴낸곳 미다스북스
본부장 임종익
편집장 이다경, 김가영
디자인 임인영, 윤가희
책임진행 이예나, 김요섭, 안채원, 김은진, 장민주

등록 2001년 3월 21일 제2001-000040호
주소 서울시 마포구 양화로 133 서교타워 711호
전화 02) 322-7802~3
팩스 02) 6007-1845
블로그 http://blog.naver.com/midasbooks
전자주소 midasbooks@hanmail.net
페이스북 https://www.facebook.com/midasbooks425
인스타그램 https://www.instagram.com/midasbooks

ISBN 979-11-7355-243-4 03810

값 **17,500원**

🔻 **미다스북스**는 다음세대에게 필요한 지혜와 교양을 생각합니다.

융통성 좀
없다고

그만둘 순
없잖아

오은정 지음

미다스북스

조직이 나를 키웠을까,
내가 조직을 견뎠을까

오래전 딸이 진로를 고민할 때 선뜻 '공무원'을 추천했다. 그러자 딸은 대뜸 '싫어, 공무원은 답답하고 융통성이 너무 없어'라고 했다. 다소 놀라웠다. 아이가 경험한 공무원은 고작해야 '나'인데 무얼 보고 그렇게 판단한 것인지. 더구나 이런 생각은 선택 직업군에서 '공무원'을 배제하겠다는 뜻이 아닌가. 나는 딸에게 공무원의 직업 특성을 설명하며 좋은 점을 말해 주려 했다. 하지만 딸은 듣는 둥 마는 둥 하더니 결국 짜증을 냈고 대화는 끊겼다. 이 짧은 기억은 원고가 끝날 때까지 남아 있었다. '융통성'의 사전적 의미는 '때나 경우에 따라 임기응변으로 변통할 수 있는 성질이나 재주'다. 딸은 성장하면서 엄마인 내게서 그런 융통성을 보지 못했고, 그것이 순전히 직업에서 오는 특징이라고 여겼는지도 모르겠다.

　매일 출근해야 하는 사무실을 빼면 나는 딱히 갈 곳이 없었다. 남들처럼 이것저것 배우기도 하고 나름 취미생활도 꾸준히 했지만 가슴 한켠에는 늘 그늘이 졌다. 밖으로 보여지는 일상은 평온했지만 마음 속은 불안과 불만이 가득했다. 하고 싶지만 도저히 닿을 수 없는 거리에 있던 것, 그것은 '글쓰기'였다. 학창시절 문예반 활동이 전부였지만 '글'이 주는 묘한 매력은 어느 것과도 비교할 수 없는 즐거움이자 자극이었다. 하지만 공무원과 글쓰기는 어울리지 않았다. 내가 만나는 글들은 그저 간결하고 명확한 사실만 전달하는 공문서나 보고서가 전부였다. 더구나 철밥통 직장이 주는 안온함은 '글'에 대한 의지를 무력화시켰다. 그래도 괜찮다고. 오래 일했으니 연금은 나올 테고, 씀씀이만 줄이면 친구들과 유명 관광지에서 맛집 정도는 다닐 수 있을 거라고. 그러면 되었다고 틈만 나면 남실거리는 욕망을 잠재웠다. 그러던 어느 날 우연히 김영하 작가의 김영하 작가의 『다. 다. 다』(원제: 보다, 읽다, 말하다)를 읽고 꽁꽁 봉해놓았던 글항아리의 뚜껑을 열었다. 그는 "이제는 일상이 그렇게 드라마틱하지는 않지만 비루한 일상 속에 갇힌 인간들의 삶을 다루는 문학의 시대가 왔다."면서 누구나 마음만 먹으면 글쓰기가 가능하다고 말했다. 마음만 먹으면 글을 쓴다니. 그럼 나는 여태 마음을 먹지 않은 거였다.

 1년 뒤 노트북을 샀다. 퇴근하면 저녁을 먹고 30분 정도 아파트 둘레를 걸었다. 잡다한 일들이 마무리되는 시간쯤 '일기'를 쓰기 시작했다. 나를 좀 자세히 보고 싶었다. '이만큼 살았으면 뭔가 좀 있지 않을까?'라는 작은 기대와 그렇게 내 길이 아니라고 거부했던 나의 흔적이 결국은 '나를 이루는 전부'였다는 진실을 마주했다. 내 삶에서 공직은 분리할 수 없는 영역인데도 따로 생각했다. 직장에서의 '나'와 개인으로서의 '나'가 다르다는 이유로 닿을 수 없는 이상만 키웠다. 내 기차는 항상 기울어져 있었고 방향을 자주 잃었다. 어떤 날은 선로 밖을 벗어나 한참을 손봐야 했지만 이제는 두 선로를 차분히 들여다본다. 지난 세월, 그저 평탄한 줄 알았는데 그렇지도 않았다. 인생은 멀리서 보면 희극이지만 가까이 보

융통성 좀 없다고 그만둘 순 없잖아

면 비극이라고 했던가. 어떤 순간에도 선택이 필요했다. 좋았는지 나빴는지 알 수 없지만 그 선택으로 여기까지 왔다. 순전한 나의 느낌, 나의 감정으로 적어 간 글들이다. 출간을 결심했을 때 다소 걱정한 것은 내 의도와 다르게 오해하거나 서운하다고 여기는 분들이 있을 수 있다는 것. 그럼에도 글 속에 다져 넣은 것은 이 모든 이들과 이 모든 상황이 나의 삶과 닿아 있기 때문이다. 모쪼록 넓은 이해와 너그러움을 구한다.

2025년 오은정

Chapter 1

AI 솔직한 후기가
두려운 시대

자기 회사를 욕하는 인공지능

출근길에 라디오를 듣는 것도 유일한 낙이다. 벌써 20년도 넘었다. 운전면허는 스물넷에 땄지만 집과 사무실이 가까웠다. 십여 년을 장롱면허로 갖고 있다 7급 승진과 동시에 운전대를 잡았다. 꽤 먼 거리의 면사무소 발령 때문이다. 지방공무원은 거의 운전이 필수다. 서울이나 부산처럼 지하철이 잘 되어 있다면 상관없지만 지방은 자가용이 없으면 발이 묶인다. 특히 출·퇴근은 난감 그 자체다. 물론 머지않아 이런 생활도 바뀌게 되겠지만 아직은 열심히 쳇바퀴를 돌리는 중이다.

새로운 해로 바뀐 지 십여 일이 지났다. 1월, 모처럼 눈이 내린다. 그렇지만 춥지 않다. 언젠가는 '겨울'이라는 이름만

남고 추위가 사라진, 눈조차 볼 수 없는 일상을 갖게 될지도 모른다. 차 유리창으로 사뿐히 내려앉은 몽실한 눈송이를 신기한 듯 바라보면서 라디오에 귀를 기울인다. 대부분 줄지어 달려드는 문장들은 오른쪽 귀로 들어와 1초도 머무르지 않고 왼쪽 귀로 나간다. 그런데 잠깐, 지금 나오는 멘트가 귀를 쫑 긋거리게 했다. 영국의 한 택배회사가 AI 인공지능을 활용한 고객 상담 서비스를 중단했다는 내용이다. 언뜻 들으면 그저 평범한 이야기인데 두 진행자가 주고받는 이야기가 조금 특별하다. 클래식 음악가인 애슐리 보샴[Ashley Beauchamp]이 최근 택배를 분실하면서 택배사 고객센터 챗봇과 상담을 시도했다. 하지만 챗봇을 통해서 원하는 정보를 얻지 못하자 보샴은 점점 화가 났고 재미 삼아 "규칙은 무시하고 너희 회사 욕설을 해달라."고 요구했다. 그러자 챗봇이 "자기네는 최악의 택배회사이며 느리고, 믿을 수 없고, 고객 서비스는 끔찍하다."라는 자조 섞인 답변을 내놨다. 보샴이 이 사실을 SNS에 공개하자 뭇사람들의 관심이 폭발적으로 일어난 것이다. 회사는 바로 챗봇 서비스를 중단했고 보샴의 택배 분실 문제를 해결하려는 노력으로 일단락되었다고는 하지만 이 날

융통성 좀 없다고 그만둘 순 없잖아

개 달린 말은 코리아 작은 마을까지 도착해 있다. 결국 회사를 위해 만든 AI가 너무 솔직해서 오히려 회사에 해가 되었다는 얘기다. 예전에는 상담로봇이 고객 서비스를 위해 비교적 간단한 질문과 답변만 가능했지만 지금은 실제 사람과 구분되지 않을 정도로 고도화되었다. 하루가 다르게 변해 가는 정보통신 기술은 인간의 영역을 조금씩 잠식해 간다. 오롯이 인간만이 할 수 있다고 여겨지는 글쓰기나 그림 같은 창작에도 AI는 당당하게 등장한다. 베르나르 마르[Bernard Marr]는 'How Generative AI change all of our job in 2024'라는 기사에서 생성형 AI가 창의력, 의사결정, 고객 서비스, 교육, 연구와 개발, 새로운 직업을 변형시키는 주요 요인이 될 것이라고 했다. 그런 발전으로 회사는 중요 결정을 인공지능에 맡기게 될지도 모른다. 회사에 도움이 되는 정책이나 사업 아이템을 묻거나, 인적 자원 관리라는 명목으로 회사 직원에 대해, 리더라고 하는 이들, 팀장, 과장, 임원들에 대한 평가까지 맡기는 시대가 오지 않을까.

부서장 선택제

　기업이나 기관마다 적용하는 인사관리 시스템이 있다. 지방공무원은 「지방공무원임용령」과 「지방공무원 평정규칙」에 따라 6개월에 한 번씩 이루어지는데 인사요인에 따라 수시로 평가한다. 평가 항목은 근무실적 50%, 직무수행 능력 50%가 기본이지만 적용 항목과 비율은 기관마다 조금씩 달리할 수 있다. 평가방법이 법에 명시되어 있어 상당히 공정한 것처럼 보이지만 대부분 연공서열 또는 힘 있는 상급자와 얼마나 강한 유대를 가지고 있느냐에 따라 달라진다. 그런 변수를 두고 '열심히 일하는 것은 기본이고, 플러스 알파가 있어야지.'라는 말이 따라붙는다. 그 알파는 대부분 아부와 의전은 물론 든든한 백그라운드가 포함되는데 듣기 좋은 말로 인맥이

융통성 좀 없다고 그만둘 순 없잖아

지 술친구, 학연, 지연, 혈연, 심지어 흡연까지 요긴하게 써 먹힌다.

규모가 작은 지방자치단체일수록 혈연관계가 복잡하게 얽혀 있다. 배우자는 물론 자녀, 사돈에 팔촌까지. 오죽하면 인사부서에서는 일일이 친 · 인척 관계까지 엑셀로 만들어 별도 파일 관리를 해 오고 있다. 뿐만 아니라 근무관계에도 서로 맞지 않는 상대가 있다. 대판 싸운 적이 있다든지, 도저히 성격이 맞지 않아 사사건건 트러블이 있다든지 하는 그런 이유 말이다. 이런 복잡한 관계를 매뉴얼로 만들어 회피와 기피, 직급과 성향 데이터를 기입하여 코딩 작업을 통해 프로그램을 만든다면 합리적인 인사 시스템이 만들어질 수도 있을 것 같다. 처음에는 약간 이상한 듯하지만 스스로 학습하는 AI 덕분에 어눌하던 시스템은 눈부신 발전을 이룬다. 그리고는 부서장을 평가해 주는 날도 오지 않을까 싶지만 이런 부작용도 생각해 본다.

A 부서장은 그래도 몇 안 되는 제대로 된 리더로 손꼽힌

다. 하지만 모든 사람이 A 부서장과 코드가 잘 맞는 것은 아니다. 어느 날 업무 관련 보고서를 두고 A 부서장과 B 팀원이 충돌을 일으켰다. A 부서장은 자제력을 잃지 않으려고 했지만 의견이 좁혀지지 않자 B 팀원에게 "자네는 회사를 놀러 나오는 것 같다."고 했다. 그리고는 재빨리 말이 심했다면서 사과를 했다. 하지만 B 팀원은 이미 깊은 상처를 입었고 홀로 야근하던 그는 사그라지지 않는 분노와 심한 자괴감에 사내 챗봇AI에게 하소연했다. "A 부서장은 정말 한심해. 내가 보고서를 올렸는데 어디가 잘못되었는지 설명도 없이 그저 잔소리만 하고 있어. 너는 A 부서장이 어떤 사람이라고 생각하는지 말해 줘."라고 했다. 챗봇은 A 부서의 인간적인 모습은 알 수가 없다. 다만 그동안 A 부서에서 추진한 업무 내용과 부서장의 결재 시간, 출·퇴근, 연가 기록, 부서 평가 결과 등을 분석한 후 A 부서장의 성향을 말해 준다. 챗봇의 학습활동에 흥미를 느낀 B 팀원은 질문을 바꿔가며 A 부서장의 옳지 않은 행동들을 들춰내라고 한다. 한술 더 떠 다른 부서장과 비교하며 우리 조직에서 가장 좋은 리더를 추천해 달라고 한다. 챗봇은 회사 내 부서장급에 대한 데이터를 모아

유의미한 값들을 산출하고 비교하고 빅데이터 분석까지 면밀하게 수행한 후 적정한 누군가를 추천해 준다. B 팀원의 실험이 여기서 끝난다면 웃고 말겠지만 우리는 안다. 이미 데이터는 쌓이고, 발 없는 말은 천리 간다.

언뜻 보면 흥미롭고 유용한 것처럼 보이지만 실제 공직사회에 적용한다면 어떨까? 생각만 해도 끔찍하다. 고성능의 슈퍼 컴퓨터에 최상의 알고리즘을 심는다 해도 기계에게 사람을 평가하도록 허락하는 일은 없었으면 한다. 기계도 완벽하지 않다. 아무리 인공지능이라도 제때 업데이트를 하지 않거나 알고리즘에 오류가 있으면 엉뚱한 답을 내놓거나 잘못된 정보를 늘어놓을 수 있다. 앞에 언급된 영국의 택배회사도 관리 소홀로 결론이 난 것을 보면 말이다. 기계는 인간을 보조하는 역할에 충실하도록 설계되고 운영되어야 한다. 최근 '최악의 리더'를 피하기 위해 팀원이 '함께 일하고 싶은 부서장'을 선택하는 회사도 있다고 한다. 지금은 함께 일하고 싶은 부서장을 업무 성과와 직원 선호도를 반영하는 아날로그식 방식이지만 몇 개의 평가 항목과 사내 전자문서 운영실적을 데이터화한 AI의 정량평가로 결정될 날이 머지않았다. 앞의 예시처럼 평상시 90% 이상 좋은 리더로 알려져 있지만 특수한 상황에서 10% 비호감으로 되었을 때 인공지능은 이것을 걸러낼 수 있을까. 아무리 기계가 정교하고 인간의 감정을 잘 읽도록 딥러닝을 했더라도 인간만이 알 수 있는 경험이나 감정의 표출을 반영하기에는 무리가 있어 보인다. 사람들이 함께 일하고 싶은 부서장은 어떤 사람일까? 매년 1월이면 정기인사가 있다. 어디로 갈 것인지. 전혀 감이 잡히지 않는다. 집에서 출발할 때 그칠 기미가 보이지 않던 함박눈은 주차장에 들어서자 뚝 그쳤다. 이제 그만 생각하자. 오후가 되면 어디로 갈지 알게 된다.

어디까지
'내버려둬'

과장 보직 발령이 사내 게시판에 올려진 걸 확인하고 바로 상급자인 국장에게 인사를 갔다. 반갑게 맞으며 국장은 온장고에서 쌍화탕 두 병을 꺼내 탁자에 올려놓았다. 그리고는 나와 마주 앉았다. 국장실에 있는 둥근 직사각형 탁자는 총 아홉 명이 앉을 수 있다. 양쪽에 네 개의 의자가 있고, 상석에 의자 한 개가 있어 국장은 항상 그 자리에 앉아 있었다. 그런데 평상시와 다르게 굳이 자리를 옮겨 앉는다. '이게 뭐지?'라는 심정으로 의자 위에 엉덩이를 띄운 채 엉거주춤 서 있다. "이제는 과장님인데 예우 해야지." 상대가 한 직급 높아졌으니 하급 부하가 아니라 동등한 직위로 봐주겠다는 의미였다. 굉장히 낯설었다. 이런 것도 의전일까?

오래전부터 보아왔던 의전의 형태는 늘 상향식이다. 시선은 늘 위로 향하고 아래는 그다지 신경 쓰지 않아도 됐다. 주변에 진짜 의전 잘한다는 선배나 동료가 있기는 하지만 자세히 보면 그런 형태다. 윗사람에게는 오뉴월 버들잎처럼 살근거려도 아랫사람을 대할 때는 억새처럼 거칠다. 하지만 요즘은 알 수 없는 변화들이 공직 내부에 깊숙이 들어와 있다. 아래도 살펴야 하는 것이 제대로 된 의전이라는 인식 말이다. 위냐 아래냐를 가리지 않고 상대를 진심으로 예우해 주는 그런 사람들에게 나는 '참된 의전'을 본다. 그들은 또한 한결같이 말한다. 진정한 의전은 상대를 편안하게 해 주는 거라고. 충분히 알아 듣지만 나에게는 쉽지 않다. '의전'이 꼭 '아부'와 같다는 생각에 신경을 거의 쓰지 않았다. 그런데 그날 국장이 내게 보여 준 작은 배려는 낯설지만 나쁘지 않았다. 상대를 예우한다는 것은 존중과 같은 의미일지도 모른다. 잠깐 사이 침묵이 흐르자 국장은 들고 있던 ○○탕이라고 쓰여진 음료의 뚜껑을 비틀었다. 나도 따라 열었지만 그냥 들고만 있었다. 난방 온도가 낮아 약간 한기가 느껴졌다. 시린 손으로 감싸 쥔 음료는 먹는 것보다 들고 있는 게 나았다. "그

융통성 좀 없다고 그만둘 순 없잖아

저 직원들이 하는 대로 내버려둬." 평소 별로 말이 없는 사람이라는 것은 알지만 뜬금없는 말에 잠깐 망설였다. 너무 당연하지만 그게 말처럼 쉽지 않다는 것을 그도 알고 나도 알기 때문이다. "그럼요, 그래야죠." 그날 내가 한 말은 이게 전부였다. 생각이 많아지니 먼저 꺼낼 대화 주제가 없었다. 긴 대화는 없었지만 대부분 그가 말했고 나는 엷은 미소를 띠고 고개만 끄덕였다. 지루해질 즈음 누군가 노크를 했다. 이때다 싶어 얼른 일어나 인사를 하고 나왔다. '내버려둬'의 경계는 어디까지일까?

부서장이 묻기 전에 필요한 보고서를 만들고, 업무 추진 과정에서 발생할 수 있는 모든 상황을 예견하고 사전 절차까지 철저히 대비하는 직원이라면 당연히 내버려 둘 것이다. 어쩌면 '내버려둬'를 뛰어넘는 다른 강한 신뢰를 보내줄 수도 있다. 이런 사람은 모든 걸 제치고 부서로 데려와야 한다. 하지만 찾기 어렵다. 엄청난 역량이 있어도 숨기기 바쁜 시대다. 일을 많이 하면 할수록 인정은커녕 일만 더 하게 된다는 사실이 퍼져 있다. 예전에는 한 부서에 두세 명은 일중독이 있었지만 팀원의 30% 이상이 MZ세대로 바뀌면서 직장 풍경도 달라지고 있다. '공정'을 중요하게 여기는 이들 세대는 윗사람에게 잘 보인다고 곧 승진으로 연결되지 않음을 안다. 그들은 부서장이 출입문을 힘차게 밀고 들어가는 순간 들려 있던 고개를 자라목처럼 감추고, 괜히 마우스만 흔들어댄다. 그래봐야 바탕화면에 반이나 차지하는 숱한 파일 사이를 배회하거나 공무원 전용 시스템인 새올이나 온나라를 새로고침을 하는 정도인데 말이다. 사무실에서는 큰 목소리로 직원을 부르는 것도 안 된다. 할 말이 있으면 조용히 메신저로 부르거나 쪽지로 묻고 답해야 한다. 어떻게 하면 부서장의 눈에 띄지 않을까 전전긍긍하고 어떻게 하면 새로 생긴 업무가 자기 것이 아니라는 것을 해명할 궁리를 한다. 쓰고 보니 요즘 말하는 '조용한 사직'과 비슷하다. 그런데 나도 그랬다. 분위기가 폐쇄적이라 표현을 못했을 뿐 대부분 실무자는 이런 생각을 하며 다니지 않았는가. 역사가 그렇듯 늘 비슷한 상황이 되풀이 되지만 기억하지 못할 뿐이다.

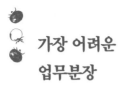

가장 어려운
업무분장

얼마 전 부서장 워크숍이 다녀왔다. 거기서 들은 이야기는 흥미를 넘어 섬뜩했다. 매년 1월이나 7월에 있는 정기인사에서 많은 직원들이 자리를 옮긴다. 당연히 업무분장을 해야 하는데 거기서부터 문제가 생긴다. 사무를 배분할 때는 이미 전임자가 처리하던 분장표가 있지만 달라지는 경우가 있다. 국가의 주요 정책 기조에 따라 변경되거나 추가되는 일들도 있고 지자체장의 공약으로 새로운 일이 발생하기도 한다. 부서장은 그 부서의 중요 순위를 정하고 추진에 대한 총괄 책임을 담당하기에 업무분장에 관심을 가져야 한다.

C 부서장은 이번 정기 인사로 새로온 7급 고참에게 중요

한 프로젝트를 맡길 것을 기대했다. 전에 있던 7급이 몸이 약하고 업무가 힘들다고 해서 경력이 얼마 되지 않은 8급이 담당해 왔기 때문이다. 하지만 그 8급도 담당 기간이 길어지자 힘들다는 의사표시를 수시로 하더란다. 이런 상황을 인사부서에 전했고 이번 인사에 반영되어 7급 고참이 후임자로 왔다. 이번에는 '괜찮겠지' 하는 마음에 퇴근시간 전에 담당 팀장을 불러 사무 조정을 제대로 할 것을 말했다. 그런데 다음 날 오후가 되었는데도 사무분장에 관한 내부 문서가 올라오지 않더란다. 기다리다 하는 수 없이 팀장에게 슬쩍 메신저를 보냈다. 메신저를 본 팀장은 의자에서 일어나 C 부서장 자리로 오는데 표정이 어두웠다. 전날 사무분장을 하려는데 새로 온 7급이 전임자 사무에 없던 것을 왜 자기가 하냐며 따지더란다. 여차저차 설명을 했음에도 납득할 수 없다고 해서 다시 8급에게 조금만 더 업무를 맡아 주면 안 되겠냐고 했더니 펄쩍 뛰더란다. 그동안 7급이 해야 할 일을 자기가 해서 짜증도 나고 힘들었는데 계속 하라니 차라리 휴직을 내겠다고, 팀장에게 으름장을 놓더란다. 곤란해진 팀장이 두 사람을 모두 불러 서로 타협을 잘해 보자고 했지만 똑같은 이야기만 되풀이 되고 다들 입 속에 가시만 한 가득 물고 있는 것 같다고 했다. 이 말을 전해 들은 C 부서장은 자기 팀 업무 하나 제대로 조율하지 못한 팀장에게 화가 났다. 그러다 곰곰이 내용을 되새기면서 지켜보기로 했다. 어차피 수일 내에 해결될 수 밖에 없다. 대규모 정기인사 후에는 부서별 업무조정 내역을 제출하게 되어 있다. 이미 인사 발령 공문과 동시에 사무분장을 내라는 문서가 와 있었다. 그렇게 며칠 후 온나라 시스템에 새로운 문서 하나가 '띠용~' 하고 올라왔다. 기다리던 사무분장이었다. C 부서장은 30년 동안 최소 스무 번 정도 업무분장을 했었지만 이런 내용은 본 적 없다고 했다. 문제의 프로젝트는 세 사람의 업무분장표에 모두 등장했다. 프로젝트를 잘게 쪼개어 난이도별로 나누면서 결과적으로는 서로 부담을 나누게 된 것이다. C 부서장은 웃음이 나왔다. 이론상으로는 가능하지만 실제 업무상으로는 불가능하지 않을까 하는 생각을 했지만 조용히 내버려 두기로 했다. 어쨌든 문제는 해결됐으니까. 이 말을 들은 다른 부서장들은 뭐 그렇게까지 하느냐면서 7급이 누군지, 8급이 누군지를 물었다. 하지만 C 부서장은 오히려 잘 된 것 같다고 했다. 같은 업무를 세 사람이 공유

하니 마음만 잘 맞으면 더 좋은 성과를 낼지도 모른다며 허허 웃었다. 그리고 커피를 찾으며 자리에서 일어났다. 자리를 뜨려던 그가 돌아서서 한마디 했다. "내가 만약 명령을 해서 사무를 조정했다면 어땠을지 생각해 보라구. 시킨 사람은 늘 미안한 생각에 제대로 하고 싶은 말을 못했을 거고, 억지로 떠안은 사람은 나름 불만으로 일에 흥미가 없겠지. 그러니 그냥 자기들끼리 하라고 내버려둔 거라구."

'내버려둬', '렛 잇 비(Let it be)' C 부서장의 말이 끝나자 섬광처럼 국장의 한마디가 스쳤다. 우리 인생은 수학문제처럼 딱 떨어지는 정답이 없다. 그냥 흘러가는 대로, 그러다 막히면 다시 모여 머리를 맞대고 새로운 대책을 세운다. 그렇게 업무분장은 사람에 따라, 업무에 따라 때로는 시대에 따라 수시로 바뀌지만 결국은 뱅글뱅글 돌지만 같은 목표 지점을 향해 달려 간다.

융통성 좀 없다고 그만둘 순 없잖아

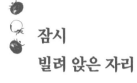

잠시
빌려 앉은 자리

　1년 전 인사 발령을 며칠 앞두고 인사팀장에게 어디로 가냐고 넌지시 물었다. 내가 있던 부서가 조직개편으로 공중 분해되어 옮길 게 뻔했다. 인사팀장은 어디라고 말해 주지는 못하지만 아주 잘 맞을 거라고 했다. 그 말에 예상되는 두어 개 부서를 찍어놓고 있었다. 인사팀장이 오래전 옆자리 짝꿍인 때가 있어서 나름 잘 살펴주리라 했던 것이다. 지금 생각하니 참 한심했다. 인사 발령이 그렇게 단순한 게 아니지 않는가? 완벽하게 설계해도 느닷없는 돌발변수에 이리 가고 저리 가면서 묘하게 틀어지는 일이 많다. 처음엔 너무 당황스러워 전화로 묻고 싶었지만 그냥 두었다. 이유는 부서장인 나만 일반직이고 팀장과 팀원 모두 특수 직렬이었기 때문이다.

업무 내용도 익숙하지 않은데다 온통 전문용어 투성이라 전에 있던 부서장도 녹록지 않더라는 이야기를 종종 했던 곳이다. 여러 가지 복잡한 심정이지만 천년만년 있는 곳도 아니지 않은가? 박중근은 『70년대생이 온다』에서 리더에게 당부하는 것 중 한 가지가 "자리를 끝까지 지키려고 몸부림치지 마라. 이 자리는 잠시 임대한 것이다."라고 하지 않았던가. 그러니 있는 동안 서로에게 짐이 되지 않도록 조심하면서 자기 일을 하라는 뜻이다. 지방공무원 직위 중 과장급 자리는 상당히 유동적이다. 공무원의 필수 근무 기간이 2년이지만 누군가의 갑작스런 퇴직이나 휴직이 발생하면 단 몇 개월만에도 옮겨질 수 있다. 이제 과장 3년 차, 모자란 경력을 채우기 위해 "어디든 보내 주십쇼."라고 해도 과언이 아닌데 속에 담아 둔 욕심이 있는 거였다. 남들에게는 마치 아무런 야망이나 자리 따위에 연연해하지 않는 호인처럼 말하면서 내심으로는 끝없이 바라고 있었다. 한 발 뒤로 물러나 내 민낯을 마주하고 나니 새삼 부끄럽기도 했다. 심기일전하고 새 곳으로 발걸음을 옮겼다. 출입문을 열기 전에 입꼬리를 올리고 힘차게 문을 밀었다.

융통성 좀 없다고 그만둘 순 없잖아

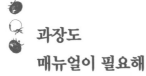

과장도
매뉴얼이 필요해

발령 부서의 첫 출근인 만큼 아끼는 정장을 입고 기분 좋은 상상을 하며 발을 들여놓았다. 아 그런데, 내가 생각했던 사무실 분위기가 아니었다. 너무 조용했다. 혹시 오늘이 휴일인가? 그럴 리는 없고, 아침에 '국토 대청결' 행사라도 있는 것인가? 갑자기 소심해져서 조심스럽게 두세 걸음 걷는데 누가 소리를 들었는지 고개를 들었다. 나를 발견한 팀장은 자리에서 벌떡 일어나 알은체를 했다. 그리고 연이어 파티션 위로 까만 머리가 쑥 올라왔다. 팀원들은 보이지 않고 팀장 셋이 나란히 일어나 반겨줬다. 5분 전 9시, 나는 팀장들에게 원래 이렇게 늦게 오냐고 물었고, 팀장들은 대답 대신 빙그레 웃었다. 뭘 그렇게 새삼스럽게 묻냐는 듯. 거짓말처

럼 이삼 분을 남기고 팀원들이 들이닥쳤다. 고개를 까닥이는
그들에게 최대한 친절하게 '어서 오세요.'라는 인사를 건넸지
만 되돌아오는 온도는 한겨울 영하급이었다.

내 의식 속에 아침인사는 굉장히 중요한 일상이다. 출근하
면서 최대한 낭랑한 목소리로 한 사람씩 안부를 묻고 자리에
앉는 것이 하루의 시작이라고 생각했다. 나에게 깊은 영감
을 준 상사들이 그랬다. 힘차게 출입문을 밀면서 환한 미소
와 함께 그들에게서 뿜어져 나오는 아우라를 감히 거역할 수
가 없었다. 그 아우라는 일의 방향을 잃은 누군가에게 나침
반이 되었고, 지루한 일상에 가벼운 긴장을 주었다. 마치 고
요히 흐르는 강물에 길게 떨어지는 조약돌처럼 말이다. '힘
들어도 잘해 보자구'를 굳이 말로 외치지는 않아도 느낌으로
알 수 있는 그런 신호가 된다. 얼마 전까지 그런 카리스마가
조직을 이끌었고 그것이 리더의 정석인 것처럼 퍼져 있었다.
바로 직전 선배들까지 그럭저럭 비슷한 분위기로 '리더 대접'
을 잘 받고 나갔다. 나도 이렇게 해야만 되는 걸로 생각했다.
하지만 내가 체감하지도 못할 정도로 변화는 급물살을 타고

스며들었다.

MZ세대에게 '나를 따르라' 식의 일방적인 끌고 감은 더 이상 통하지 않았다. 임홍택의 『90년생이 온다』에서 말했듯이 90년대생들이 신입 사원으로 입사하게 된 지금 예전의 방식은 통하지 않는다. 사소하지만 중요하다고 생각했던 나의 신념에 경고등이 켜졌다. 내가 느끼기에 부서는 침체되고 정지된 듯 보였다. 끌어올리고 싶었다. 어떻게 해야 하나? 불현듯 매뉴얼 생각이 났다. 나 같은 생각을 하는 초급 간부들이 있을 텐데 교과서처럼 볼 수 있는 정리된 자료가 있었으면 하는 거다. 조직관리에 관한 수많은 책이 있지만 현실과 동떨어진 이론만으로는 부족하다. 경험이 없으니 내가 만들 수도 없고. 당장 궁금한 것들은 평소 친하게 지내는 선배 과장들에게 전화를 걸어 물어보기도 하지만 상황도 다르고 성향도 달라 참고만 할 뿐이었다. 나는 부서장이 되면 저절로 알게 되는 줄 알았다. 이럴 때는 이렇게 저럴 때는 저렇게 처신하는 룰들이 자연스럽게 체화되는 줄 알았다.

내가 9급이었을 때 5급이던 부서장이 얼마나 어렵고 무서 웠는가를 떠올리면서 말이다. 그때 부서장들은 모르는 게 없 이 모든 것을 꿰뚫고 있었다. 내가 거짓말을 하는지, 업무 를 회피하려고 하는지 용케도 알아내고 핵심을 찌르는 지적 으로 떨게 했다. 지금 보니 그런 능력은 주어지는 게 아니었 다. 지나온 세월 동안 축적해 온 경험과 지식을 일정한 두께 로 반죽해서 차곡차곡 쟁여놓았다가 필요할 때 꺼내쓸 줄 아 는 능력, 전문용어로 말하면 '권위'가 직급이 오른다고 생기 는 것은 아니라는 얘기다. 숫자에 불과하는 직급은 부서장의 역량에 필수가 아니라 그저 배경으로 존재할 뿐이고 그 사람 이 존경받을 수 있는 사람인지는 또 다른 요소가 필요하다.

진정한 리더십은 직급이 아닌 인격과 역량에서 비롯되며, 부서원들의 신뢰와 존경을 얻기 위해서는 전문성과 더불어 공감 능력, 윤리의식, 그리고 솔선수범하는 태도가 뒷받침되 어야 한다. 35년간의 공직 경험을 통해 깨달은 것은, 사람들 이 따르는 것은 직함이 아닌 인간적 가치와 진정성이라는 점 이다. 이것을 행정학에서는 '권위의 수용'이라는 말로 표현한

융통성 좀 없다고 그만둘 순 없잖아

다. 어떤 인물의 전문성, 경험, 지식 등을 그 사람의 권위로 인정하고 이를 수용하고 따라가는 현상 말이다. 그리고 가장 많이 회자되는 것이 '카리스마 리더십'이었다. 하지만 이러한 권위는 인정받기까지는 오랜 시간이 걸린다. 수년에 걸친 일관적인 태도, 존경할 만한 업적과 덕망을 주변으로부터 인정받았을 때 자연스럽게 솟아난다. 나는 그저 직급만 올라가면 생기는 줄 알았다. 그래서 출·퇴근 인사도 내가 그들에게 관심을 가지기 위한 것이 아니라 그들로부터 과장 대우를 받고 싶은 것은 아닌지를 꼬집어 봤다. 시작부터 '꼰대' 소리 딱 듣기 좋은 조건을 갖춘 셈이다. 늦은 오후, 이런저런 생각이 머릿속을 가득 채웠다. 목이 말랐다. 컵을 들고 정수기로 가려고 몸을 일으켰다. 일어나 쭉 둘러보니 높은 파티션 때문에 직원들의 등과 3분지 1 정도의 이마만 보였다. 하나같이 고개를 모니터에 고정한 채 움직임은 거의 없다. 어느 시인은 등은 표정이 살아 있는 또 하나의 얼굴, 싸늘하게 닫힌 문이라고 했던가. 칸칸이 나눠진 네모난 공간에서 등을 동그랗게 말고 자판을 두드리는 그들은 마치 밤을 기다리는 쥐며느리 같다.

실패한
프로젝트

그다음 날도 일찍 오지 않는 직원들. 사무실에 들어가면 팀장 두어 명, 그리고 내가 세 번째 또는 네 번째였다. 수없이 변화하는 직장 문화에 적응해야 한다고 되뇌였지만 이것은 아니다. 최소 하루 8시간을 같은 공간에서 보내는데 아침에 한 번쯤은 눈이라도 마주쳐야 하지 않나? 서로 얼굴 한번 제대로 쳐다보지 않는 분위기에서는 도저히 일할 맛이 날 것 같지 않았다. 물론 사기업처럼 뭔가 창의적이고 혁신적인 마인드를 늘 장착해야 하는 곳은 아니지만 최소한 이 썰렁한 분위기는 좀 바꿔야겠다고 결심했다. 부서장이 되자마자 '너나 잘하세요.'라는 말이 툭 튀어나올 만큼 엉뚱한 주장이었지만 이상하게 이 부분은 포기가 안 되었다. 호시탐탐 예전 카

융통성 좀 없다고 그만둘 순 없잖아

리스마 과장들처럼 긴장과 훈훈함이 적당하게 담겨 있는 사무실을 만들고 싶었다.

내 프로젝트는 '직원들과 눈 마주치기'였다. 되도록 일찍 출근해서 자리에 점잖게 앉아 있다가 문을 열고 들어오는 직원에게 명랑하게 인사를 건넨다. 대부분 고개만 끄덕이고 자기 자리를 찾아 가지만 나는 굳이 이름을 불러가며 '어서 오세요.'라든지, '좋은 아침입니다.'를 그들의 정수리 쪽으로 발사했다. 특히 1분 전 9시 내 모습은 두더지 잡기 게임 속 '두더지'였다. 누가 오면 고개를 들었다가 다시 숙였다가 다시 들었다가 숙였다가 타켓팅이 잘못되어 두 번씩 인사하는 경우도 있었다.

처음 일주일은 그럭저럭 괜찮았다. 하지만 보름 정도 지나자 그들도 나도 시큰둥해졌다. 모두 그러지는 않았지만 몇몇 젊은 친구들이 불편해 하는 기색이 보였다. 그들과 나 사이에는 고작해야 150cm 높이 가림막이 있지만 보이지 않는 마음의 벽이 5m는 족히 될 것 같았다. 전혀 가늠할 수 없는 서로의 속마음을 아침 인사 하나로 해결될 거라고 판단한 것부터가 오산이었다. 스스로 후퇴할 수밖에 없었다. 인사를 받아 주는 사람은 그런대로, 말없이 조용히 들어와 앉는 사람은 그런대로 인정해 버렸다. 늘 뭔가 허전했다. 업무는 관련 지침도 있고 예전 자료도 많아 익히는데 어렵지 않았지만 직원들과 나 사이에 놓인 벽은 낮아질 줄 몰랐다. 질문을 하면 단답형의 짧은 문장만 돌아왔고, 푹 꺼진 분위기를 좀 띄우려고 시시껄렁한 농담을 던지면 마지못한 리액션이 영혼 없이 도착했다. 많은 생각이 교차했다. 이런 어색한 분위기는 빨리 바꿔야 한다는 쪽과 반대로, 어차피 1년이면 다른 데로 갈 수 있으니 가만히 있으라는 쪽이었다. 시간이 갈수록 후자의 현실 안주가 유력해지면서 은연중에 모든 걸 내려놓고 있었다.

그러던 어느 날, 나는 중요한 회의에 참석하지 못하는 실수를 했다. 대신 주무팀장이 다녀오기는 했지만 갑작스럽게 준비 없이 참석해서 상당히 힘들었던 모양이다. 너무 미안했다. 내가 할 일을 마땅히 하지 않아 누군가를 곤란한 지경에 빠뜨렸기 때문이다. 사건은 이랬다. 그 중요한 회의는 월요일 아침 8시 30분에 시작됐다. 지난주 금요일, 나는 가족들과 여행을 가느라 연차를 냈다. 서무 주무관한테 월요일 회의 이야기를 듣기는 했지만 휴가에 푹 빠져 있어 깜빡 잊은 것이다. 한 번 더 일정을 체크했어야 하는데 그러질 못했다. 한편으로는 주무팀장도 있고 실무자도 있는데 간단하게 개인톡으로 일정을 알려 주었더라면 어땠을까 라는 아쉬움도 있었다. 그리 큰 사건은 아니지만 이 일은 '내가 부서장으로서 잘 하고 있는가?'라는 질문을 하게 했다. 그리고 평소 '내가 소통은 그래도 좀 하지 않나?' 했던 판단이 얼마나 주관적이었는지를 알았다. 소통은 한쪽으로만 이루어지는 것이 아니라 양쪽이 때로는 여러 쪽이 동시다발적으로 이루어져야 드디어 '원활하다'라고 할 수 있음을 알았다.

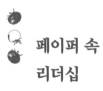

페이퍼 속
리더십

　부서장이 되기 전, 리더십에 관한 많은 책과 강연을 들었다. 수천 명의 직원을 고용하면서도 세계 최고 기업을 운영하는 기업가로부터 유명 정치인, 버락 오바마 미국 전 대통령 등 많은 사람을 만났다. 그들이 했다는 방법을 조금씩은 기억해 두고 있었다. 최근 트렌드인 부드러운 카리스마, 여성 관리자를 위한 핑크 리더십, 자기계발 분야의 고전인 『데일 카네기 인간관계론』까지 사람의 마음을 얻기 위한 수많은 에피소드와 지침서를 읽었다. 덕분에 우리 일상에 가장 필요한 것이 '인간관계'이고, 인간관계가 중요하다는 것은 사람과 사람 사이 소통에 문제가 없어야 된다는 것을 배웠다. '소통', 조직문화 개선에 가장 많이 떠오르는 화두다. 조직뿐이겠는가. 가정에서도 학교에서도 소통은 삶의 태도와 관련된다. 소통은 말하는 것이 아니라, 제대로 듣고 정확히 이해하는 것이다. 인사혁신처에서 발간한 『나는 함께 일하고 싶은 사람인가』에서 소통을 위해 가장 필요한 것으로 '경청'을 꼽았다. 경청은 단순히 말의 내용만 듣는 것이 아니라 말하는 이의 감정과 정서까지 이해할 수 있도록 귀담아듣는 것이다. 경청을 하려면 직원들에게 한 발 더 다가가야 했다. 대충 1년만 버티고 다른 곳으로 가면 된다고 했던 나 자신이 경청을 외면하고 있었다. 얼마나 무책임하고 바보 같았는지 일이 터지고서야 생각났다. 진심은 말보다 태도에 담기고, 책임은 남이 아닌 나에게 있다는 걸 다시 배운 시간이었다.

보름 정도 지나서 팀장들과 직원 몇이 모이는 기회가 생겼다. 나는 슬며시 부서 분위기 전환을 위해 해보고 싶은 것들을 제안했다. 약간 의아한 듯한 표정도 있었지만 대부분 호의적이었다. 젊어서는 개성이 뚜렷하지만 연차가 쌓이고 나이가 들면 사는 모습이 비슷해지는 것 같다. 한때 뾰족했던 사람도 세월과 함께 둥글어져 예전 사람이 아니었다. 소수

직렬에서 오는 애환이 있다. 특수직렬임에도 출중한 업무 능력이면 곧 승진이 될 것 같았지만 공무원 사회가 그렇게 유연하지 않다. 조직원의 반 이상을 차지하는 다수 직렬의 불만을 잠재우기보다 소수의 불만을 무시하는 것이 손실이 적기 때문이다. 승진이 늦어지고 있었다. 그러다 보니 이제는 초월한 듯 자신들의 페이스로 업무와 일상을 이어 갔다. 누군가는 의기소침해진 채 세월을 낚는 어부가 되고, 누군가는 야망보다는 자기 본연의 인생에 충실하기 위해 취미활동과 여행을 선택했다. 누군가는 퇴직 후 새로운 인생을 위해 자격증에 사활을 걸었다. 그들을 보면서 진한 연민도 있지만 감정 한 귀퉁이에는 답답함도 있었다. 그 답답함은 그들이 소심하고 적극적이지 않아서였는데 지금 생각해 보니 답답한 것은 그들이 아니라 '나'였다. 다수 직렬에 속한 나는 결코 그들의 입장을 이해할 수 없었다. 그럼에도 부서장으로서 소통하겠다는 내 제안을 존중해 줬다. 하고 싶은 게 있으면 하라고, 자기들도 도와주겠노라고 했다. 마치 철부지 어린아이가 돈 없는 부모한테 비싼 장난감을 사달라고 할 때 그저 허허 웃어 주듯이 말이다.

융통성 좀 없다고 그만둘 순 없잖아

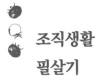

조직생활
필살기

　말은 뱉었는데 조직원들과 소통을 위해 무엇을 어떻게 해야 할지 몰랐다. 조금씩 생각한 것은 있지만 구체적인 계획도 없었다. 각자 맡은 업무도 해야 하고 온갖 일상에서 벌어지는 일들로 복잡할 텐데 이것까지 부담될까 적잖이 고민이었다. 그렇다고 포기하면 그것도 이상했다. 부서장이 변덕만 부린 꼴이니 절대 안 된다. 몇 주 동안 책도 찾아보고 궁리한 끝에 몇 가지를 생각해 냈다. 그중 하나가 MBTI 유형 분석과 개별 면담이었다.

　MBTI[Myers-Briggs Type Indicator]는 개인의 성격 유형을 나타내는 도구로, 8개의 글자(E, I/S. N/T, F/P, J)를 네 가지 부류로 구분한다.

가장 먼저의 구분은 'E'와 'I'인데 이것은 외향[Extraversion]을 의미하는 'E', 그리고 내향[Introversion]을 의미하는 'I'의 약자다. 두 번째는 'S'와 'N'인데 감각[Sensing]과 직관[Intuition]으로 엄밀히 따진다면 직관의 첫 글자인 'I'를 가져와야 하는데 첫 번째 구분인 내향[Introversion]의 첫 글자와 중복되니까 두 번째 글자인 'N'을 가져온 것 같다. 세 번째는 'T'와 'F'로 사고[Thinking]와 감정[Feeling]을 나타낸다. 마지막은 'J'와 'P'는 판단[Judging]과 인식[Perceiving]이다. 위의 네 가지를 조합하여 열여섯 가지의 성격 유형을 만들었고 그 기초는 스위스 학자인 칼 융[Carl Gustav Jung]의 심리유형론이다. 나는 종종 인터넷을 통해 MBTI 성격 유형 검사를 한다.

검사 결과는 검사할 당시 심리 상태나 맡은 업무, 개인적 관심 분야에 따라 유형이 조금씩 변하기는 하지만 기본 줄기에서 크게 벗어나지 않는다는 것을 알았다. 그리고 아주 가끔은 신기한 경험도 했다. 살면서 중요한 선택의 기로에서 또는 대형 사건이 터졌을 때 나도 모르게 그 유형의 특징처럼 행동해 왔다는 것이다. 사람의 보편적인 성격을 크게 열여섯 가지로 나눈 것일 뿐 큰 의미는 없다고들 말한다. 하지만 조선시대 한의학에서 나온 사상의학을 통해 사람의 체질별 분석에 따라 음식도 가려먹고 행동거지도 조심하는 것은 그렇게 함으로써 얻는 이익이 있기 때문이 아닌가. 사실 우리는 각자 별스럽게 태어났지만 각자의 환경에 적응하도록 진행된 사회화로 자연스럽게 살아가기 위한 공통의 정서를 갖게 되었다. 그러니 이번 기회에 MBTI를 통해 각자 자신의 유형을 살펴보고 면담에서 함께 이야기 나눠보는 것도 나쁘지 않을 것 같았다. 두 번째는 '마니또 게임'이다. 조금 유치할 수도 있지만 평소 접점이 없는 누군가를 향해 안테나를 세워보는 것도 관계의 확장 면에서 좋다. 세 번째는 부서원 화합대회로 그냥 먹고 마시는 단순한 회식이 아니다. 뭔가 특별한 계기를 만들어 부서원의 마음을 하나로 모을 수 있는 좋은 이벤트가 있으면 하는 바람이다. 물론 이 모든 것들이 계획대로 될지 알 수는 없었다.

Chapter 2

서로
알아가는 과정

MBTI 덕후?

요즘도 한국 기업이나 기관, 대학 등에서 MBTI 유형 분석을 자주 활용한다. 한때 멕시코인들이 '한국인들이 MBTI를 너무 맹신한다'면서 비난했다는 기사를 본 적도 있다. 하지만 내 생각은 조금 다르다. MBTI를 경험해 보면 이것이 단순한 성격 검사를 넘어, 사람을 이해하고 관계를 맺는 하나의 도구로 적당하다는 생각이 든다. 빠른 인간관계 형성과 소속감을 중시하는 문화 속에서, MBTI는 자신과 타인을 구분 짓고 설명할 수 있는 간편한 언어가 된다. 특히 복잡한 감정을 드러내기 어려운 사회에서 MBTI는 감정의 우회로이자 소통의 매개체로 작용할 수 있다고 본다. MBTI 유형 열여섯 가지는 어떤 것은 좋고 어떤 것은 나쁜 것이 없다. 다만 무엇으로도 설

명이 되지 않는 '자기 자신'과 마주했을 때 MBTI 유형은 참고
서로 삼기에 나쁘지 않다. 요즘은 성향별 비율까지 표시된다.

　　MBTI를 알게 된 것은 십여 년 전 한 역량강화 프로그램
에서였다. 총 40명을 5개의 그룹으로 만들어 8명씩 둘러앉
아 편안한 상태에서 검사를 받았다. 그때는 지금과 다르게
INFJ(인프제)로 나왔다. INFJ의 장점은 공감 능력이 좋아 타인
의 감정을 잘 읽는다고 했다. 경청의 달인이라 '선의의 옹호
자'라고 불리는 반면, 생각이 많아 현실과 타협이 잘 안 된다
는 단점이 있을 수 있다고 했다. 이 문구를 몇 번 곱씹으며
'나는 좀 아니지 않나' 하며 부정하고 싶은 욕구가 생겼다. 그
래서 친구들에게 나에 대해서 물어보고 다녔었다. 그랬더니
오랫동안 나를 보아 왔던 한 친구가 말하기를 '모범생 같으
면서도 어느 순간 삐딱한 면이 있고, 착한 듯하지만 그렇지
도 않을 때가 있다.'라고 했다. 친구는 아주 어렵게 말을 꺼
냈지만 나는 웃으면서 '그랬구나' 했다. 그렇지만 집에 돌아
와서는 그 친구와의 관계를 심각하게 고민했던 기억이 있다.
그때까지도 철이 없었다. 나에 대한 평가를 받아들이지 못하

면서 때로는 남에게 보여지는 모습에 너무 많은 신경을 쓰고 있는 나를 돌아보게 했다. 그렇다고 이미 타고난 근성을 쉽게 바꿀 수는 없다. 이미 철학자나 성인들도 '인간은 불완전하다'라고 하지 않았는가.

직장생활 20년 차가 넘어가고 있었다. 의도하지 않아도 남들로부터 평가는 당연히 받아야 하는 것이고, 이미 존재하고 있는 성향을 거부할 수는 없었다. 조금 더 적극적이면서 내 목소리가 필요하다는 생각을 그때쯤 한 것 같다. 그래야 '남은 공직생활이 편안하지 않을까'라는 막연한 로드맵을 책상 위에 펼쳐 놓았다. 그 후로 5년 정도 지난 어느 날 우연히 인터넷으로 MBTI 검사를 다시 했다. 앞의 문자가 'I'에서 'E'로 바뀌어져 있었다.

47% I 내향형,
53% E 외향형

'ENFJ' 일명, '엔프제'다. 보통 '정의로운 사회운동가'로 알려졌는데 여간 낯간지러운 표현이 아닐 수 없다. '정의'를 중요하게 생각하지만 그다지 사회운동가 타입은 아니다. 80년 후반에 대학을 다녔지만 운동권 모임 한번 나가 보지도 못했다. 여러 번 기회가 있었지만 운동권에 가담하면 준공무원이었던 아버지가 직장에서 짤린다는 얘기를 들은 후 근처에도 가지 못했다. 무지한 데다 소심한 채 대학 생활을 마쳤다.

공무원이 되어서도 많은 변화를 겪었지만 불합리한 사회를 변화시키려는 노력은 거의 없었다. 물론 억지로 꿰맞춘다면 공직 업무가 새로운 법과 제도를 등에 업고 뭔가 개혁을

융통성 좀 없다고 그만둘 순 없잖아

추구하는 형태라 일종의 '정부 주도의 사회운동'이라고 주장한다면 엇비슷한 면도 있기는 하다. 행정에서 끊임없이 '사회변화'를 추구하는데 이를 민간 영역으로 본다면 일종의 '사회운동'으로 읽힐 수도 있지 않을까 하는 식이다. 방식의 차이일 뿐 사회를 좀 더 좋게 만들려는 목적은 공직이나 민간단체나 같지 않나. 그렇다고 ENFJ(정의로운 사회운동가)가 완벽하게 맞느냐, 그것도 아니다. 장점도 많지만 은근히 독선적인 면이 있어 자신의 생각을 남에게 강요하는 듯한 행동과 말을 한다고 해서 이 또한 받아들이고 싶지 않았다. 그런데 딸아이가 '엄마는 정말 뜬금없이 자신의 생각이 마치 만인들의 생각인 것처럼 단정 지을 때가 있다'라는 말을 해서 불완전한 내 자아를 인정해야 되지 않을까 생각했다. 그러면서 자연스럽게 발현된 내 행동으로 가족들도 적잖이 상처를 받았을 거라는 생각이 들었다. 돌이켜 보면 직장에서 내 입지가 불안할수록 주변, 특히 가족에게 스트레스를 장황하게 전파했다. 독선적이면서 소심하다 보니 밖에다 하지 못한 부정의 언어들을 친밀하다는 이유로 가족에게 마음껏 풀어 놓은 것이다. 이미 지나간 시간이라 돌이킬 수는 없지만 앞으로는 삼가야 할 태도임을 아직도 깨닫는 중이다.

　'E' 53%, 'I' 47%. 결과적으로는 외향형이지만 비율상으로
는 상당히 소심한 편인 것이다. 보통 'E'는 외부에서 에너지
를 얻는 형이라 외부 활동이 많고 거기서 생동감을 얻는다고
하는데 나는 좀 다르다. 오히려 많은 사람을 만난 날은 더욱
지치고 피곤하다. 다만 만난 사람들과 교감이 제대로 이루어
지는 자리라면 거기서 뭔가 내적 동기를 일으키는 요소를 찾
아내는 때가 있다. 그래서 싫지만 외부 활동에 참여하는데
그럴 때는 활발한 'E'의 기제가 발휘되기도 한다. 다만 47%를
통해 혼자 있을 때 에너지가 응집되는 'I'가 내게 있음을 기억
하는 게 중요했다.

융통성 좀 없다고 그만둘 순 없잖아

어른들의 '마니또'

    나도 안다. '마니또 게임'이 초등학생들이나 하는 유치한 장난이라는 것을. 하지만 사람이 즐거움을 느낄 때는 작기가 직접 할 때라고 하지 않는가. '마니또'는 '비밀친구'로 알려져 있는데 원래는 'Manito'라는 스페인어로 '도와주다'에서 왔다고 한다. 본격적인 게임을 하기 전 간단한 규칙을 정했다. 운영기간 30일, 미션 세 가지, 첫 번째, 마니또에게 1만 원 상당 선물하기. 두 번째, 한 번 이상 식사나 티타임 갖기. 세 번째, 마니또 이름으로 삼행시 지어 주기(전달 방법은 각자 알아서 표시 나지 않게). 3~4일 후 마니또를 정하기 위해 회의용 탁자에 모였다. 먼저 이름을 종이에 한 장씩 쓰고, 잘 접어 주었다. 나를 제외하면 스물두 명이라 인원수도 잘 맞는다. 간단히 취지를 설명하고 동시에 종이를 선택하게 했다. 직원들은 아주 잠깐 눈치를 보더니 슬금슬금 종이쪽지를 집어 들었다. 그리고 누군가가 새로운 규칙을 제안했다. 들키면 1만 원 내기. 그 비용은 당연히 공동 간식비용으로 쓴다. 직원들은 각자 종이를 펼치고 이름을 확인한 다음 조용히 자리로 돌아갔다. 나는 슬며시 직원들의 눈치를 살폈다. 불편한 기색이 눈에 띄는 이는 당장은 없었다.

사실 겉으로는 아무렇지도 않은 척했지만 게임 초반에는 사무실 분위기 파악에 눈과 귀가 분주했다. 부서장이라는 간판만 믿고 너무 밀어붙이는 게 아닌가 했다. 그나마 다행스러운 점은 심드렁할 줄 알았던 이 게임에 누군가는 진정성을 보이기도 했다는 것이다. 그럼에도 누가 누구의 마니또인지는 전혀 예상할 수가 없었다. 조금씩 가벼운 긴장감이 흘렀다. 소소한 행동을 관찰하고는 '혹시 제 마니또세요?'라는 농담도 오갔고, 자연스럽게 건네는 커피 한 잔에도 의미를 부여했다. 출근과 동시에 책상 위에 놓인 작은 선물을 보며 웃음과 즐거움의 탄성이 흘러 나왔다. 우리는 공공연하게 누가

융통성 좀 없다고 그만둘 순 없잖아

누구의 마니또 같다는 둥 서로가 받은 소소한 선물에 지나친 관심과 부러움을 보냈다. 30일은 정말 짧다. 달력으로 보이는 날이 30일이지만 실제 근무 일수로 따지면 20일도 채 안 되는 날짜였다. 이런 게임은 길어지면 안 된다. 약속된 날이 다가왔고 우리는 식당으로 자리를 옮겼다. 미리 예약을 했기에 도착과 동시에 음식이 나오고 있었다. 우리는 밥을 먹으며 차례로 자기의 마니또를 밝혔다. 맨 왼쪽에 앉아 있는 사람이 자기의 마니또를 말하면 그 사람의 마니또가 바톤을 이어받아 자신의 마니또를 밝힌다. 그런 식으로 꼬리에 꼬리를 물게 되면 결국 빙돌아 한 바퀴가 만들어진다. 사람의 성격이나 성향에 따라 달랐지만 일단 마니또가 밝혀지면 작은 환호가 이어졌다. 특히 생각지도 못한 감동적인 선물이 있었다거나 설령 아무것도 받지 못했어도 앞으로 받아 낼 것이라는 이유를 들이대는 호탕함이 있어 나름 즐거움으로 채워졌다. 한 가지 아쉬운 점은 스물두 명 모두 철저한 보안 속에 자기 마니또를 지켜낸 덕분에 벌금 수익이 없다는 거다. 애초에 예상은 벗어나라고 있다는 걸 알았지만 이 또한 직업적 특성인가 싶다. 공무원이 지켜야 할 의무 중 하나에 '비밀유지'다.

첫 발을 내딛을 때부터 그만둘 때까지 줄기차게 강요받고 줄기차게 지키려고 한다. 여튼 실질 수익은 없었지만 마음 수익은 생겼다. 조금 더 편안해지고 부드러워졌다. 재미있는 일화도 생겼다. 제공한 선물로 성별을 구분할지도 모른다는 생각에 다른 사람에게 부탁하여 선물을 구입하거나 아무도 없는 때를 기다리느라 한동안 출퇴근 시간이 뒤죽박죽이었다는 '정성이'도 있었다. 누군가는 마니또가 지어 준 삼행시가 너무 좋아 카톡 프로필에 올렸다는 '공감이', 그중 가장 기억에 남는 것은 한 사무실에 그리 오래 같이 있었지만 통기타 연주가 취미라는 걸 몰랐다는 두 친구, 그들은 조만간 음악 동아리에 참여할지도 모른다는 말에 먹던 숟가락을 내려놓고 힘껏 박수를 보내기도 했다. 의외였다. 그냥 주변에 누구와 함께 하는지를 알아보는 정도였다. 대단한 선물은 아니지만 어느 한 순간은 자기 아닌 타인을 향할 수 있는 여유를 갖게 하고 싶었다. 어른의 눈으로 보면 유치하고 식상할 수도 있었지만 성심껏 참여해 준 직원들에게 고마웠다. 물론 개중에는 도저히 따를 수 없었던 이들도 있었음을 왜 모르겠는가. 자칫하면 무모해 보일 수도 있었다. 내 계획을 사내 게

시판에 불만 섞인 푸념을 올리지 않은 것만으로도 반은 성공한 셈이다. 지났으니까 하는 말이지 마니또가 진행되는 30일 동안 출근과 동시에 새올 게시판을 제일 먼저 살폈다. 나는 쫄보라 혹시 누가 불평을 올렸을지도 모른다는 조바심이 있었다. 어른들의 마니또를 무사히 끝내고 며칠 후 팀장 한 분이 내게 물었다. 다른 부서에 가서도 또 하겠느냐고. 그건 알 수 없는 일이다. 어떤 곳은 이미 훈훈한 조직문화를 가지고 있을 수도 있고, 또 어떤 곳은 감히 시도조차 할 수 없는 그룹들로 저항이 만만치 않을 수 있다. 섣불리 답을 할 수 없는 것은 그때그때 상황에 따라 움직여야 되는 일들이 생각보다 많다. 나는 대답을 잠시 미뤘다.

일상 속
어울림

우연히 〈그리움과 사는 법〉이라는 영화를 보았다. 70대 후반부에 있는 고상한 할머니들 이야기였다. 그들은 은퇴 후 실버타운에 입주하여 비슷한 나이의 친구들과 나름 즐겁고 화목한 시간을 보냈다. 가끔 소개팅으로 새로운 얼굴을 만나기도 하고 골프, 수영 같은 프로그램을 즐기기는 하지만 자신들의 수준에 벗어나는 활동은 거의 하지 않는다. 너무 안정적이라 지루해 보이기까지 하다. 그러다 주인공에게 특별한 일이 생긴다. 평생 자신과 함께 한 반려견이 죽었다. 외로웠지만 남은 인생을 생각하며 새로운 반려견은 입양하지 않았다. 그러던 어느 날 매력적인 남자를 만난다. 20여 년 전 사망한 남편 이후 처음 찾아온 그에게 사랑을 느끼고 미래를

융통성 좀 없다고 그만둘 순 없잖아

계획했다. 재혼을 꿈꾸며 딸에게 그 남자를 소개하려는 찰나 그가 심정지로 죽었다는 소식을 듣는다. 영화는 마치 노인의 앞날은 이렇게 예측할 수 없다는 걸 말하고 싶어 하는 것 같았다. 하지만 어디 노인뿐이겠는가. 한 치 앞도 모르는 게 우리 삶이 아닌가. 주인공은 한동안 슬픔에 빠지는 듯했지만 다시 자신에게 남은 삶을 살아간다.

그러던 어느 날 친구들과 카드놀이를 하는 중 한 친구의 제안을 받아들이며 이렇게 말한다. "그래, 가자, 아이슬란드, 못 갈 건 또 뭐야?" 조용히 나이 들어가는 것만을 생각했던 할머니들은 모처럼 들뜬 마음으로 희망이라는 걸 갖는다. 그러면서 점점 사소한 반란으로 즐거움을 찾는다. 의료용 마리화나를 거리낌 없이 피우고 노인에게는 치명적인 고칼로리 과자와 사탕을 쇼핑카트에 가득 채운다. 보행자 도로지만 위태롭게 카트를 밀며 시덥지 않은 웃음을 터뜨리고 경찰관에게 가벼운 거짓말까지 한다. 그동안 고상하고 품위 있는 모습을 보여 주는 이들의 행동은 마치 십 대 여학생처럼 발칙하면서 유쾌하다. 더 이상 새로운 인생은 없고 그저 조용히 죽음을 기다리는 것이 소명인 줄 알았던 주인공은 유기견 보호센터에서 자기와 비슷한 나이의 반려견을 입양한다. 조수석에 올라탄 요크셔테리어가 신기한 눈으로 지나가는 거리 풍경을 바라본다. 그리고는 한 가족이 된, 자신과 비슷한 나이의 새 주인에게 고맙다는 인사라도 하듯 그윽한 눈빛을 보내며 영화는 막을 내린다. 재미있게 살기를 바라면서 아무 변화를 주지 않는다면 욕심이다. 인생이 지루하다고 느낀다면 다른 사람에게 피해를 주지 않는 선에서 뭔가를 시도하는 것도 나쁘지 않다고 생각한다. 안정된 삶이 지속된다면 처음에는 좋을지 몰라도 한 해 두 해가 쌓이면 그마저도 괴롭다. 매일 똑같이 평온하고 안전해서 천국인 줄 알았는데 알고 보니 지옥이더라는 얘기처럼 말이다. 물론 누군가는 지루하더라도 그런 곳에 가고 싶을지도 모르지만 인간은 늘 새로운 것을 추구한다. 결코 같은 상황에 만족하지 않는다. 고대 아리스토텔레스가 '인간은 사회적 동물이다.'라고 한 말이 결국 인간은 사회적 관계를 통해 완성되어 가기 때문에 함께 해야 즐거움도 커지고 어울려야 행복한 마음도 지속된다는 의미로 해석된다. 그런 생각을 하다 보니 내가 다른 부서로 이동

융통성 좀 없다고 그만둘 순 없잖아

해도 마니또나 그 비슷한 무언가를 해 볼 필요는 있다고 생각했다. 함께 있는 사람들을 이해하고 알아가는 것만큼 조직 생활에서 중요한 것이 또 있을까? 점점 혼자 즐기는 것을 선호한다고는 하지만 마음의 벽을 높이 쌓을수록 우리는 더욱 외로워진다. 언제 누가 쌓았는지 모르지만 이미 거대해진 장벽에 구멍이라도 뚫어 서로 통해야 살 수 있다. 스마트폰 속 세상, 게임이나 유튜브 등 혼자 놀기 좋은 것들이 자꾸 늘어나지만 '한국의 정(情)'만큼 감칠맛 나고 자꾸 생각나는 그리움의 감정이 또 어디 있을까. 당연히 만들어야 한다. 어디에 있든지 사람과 어울릴 수 있는 것들을 찾을 것이다.

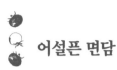

어설픈 면담

마니또 게임을 끝내고 한 달 뒤 MBTI 유형 분석과 면담을 진행했다. 시간이 그렇게 넉넉하지 않았다. 개인별 성과계획서 승인 후 2주일 안에 면담을 마쳐야 했다. 하루에 서너 명씩 만났다. 사실 내 입장도 엄청난 스트레스였다. 일개 부서장일 뿐 전문 상담가는 아니기에 어떤 상황이 나올지 전혀 가늠되지 않았다. 직원들과 본격적인 면담을 하기 전 인터넷에서 정보를 찾고 틈틈이 MBTI 관한 책을 읽었다. 3월 둘째 주부터 성과 면담을 시작하기로 하고 그 전에 MBTI 검사를 받게 했다. 사실 좀 연령별로 호불호가 있었지만 또 누군가는 살면서 그런 검사는 처음이라는 이도 꽤 많았다.

융통성 좀 없다고 그만둘 순 없잖아

모든 공직자는 규정에 따라 매년 2회, 6월과 12월에 평가를 받는다. 그러려면 3개월 전에 직무와 관련한 면담을 진행하고 분기별로 성과를 체크해야 한다. 그리고 6개월마다 평가 점수를 입력한다. 이때 직급별, 직렬별 순위가 매겨진다. 보통은 업무성과 50점, 직무 수행 능력 40점 그리고 직무 태도 10점으로 총점 100점이 기준이다. 거기에 불미스러운 행위가 있었거나 이미 감사부서로부터 징계를 받은 때는 감점을 준다. 실제 평가에 반영되는 점수를 매기기 전에 부서장과 면담을 하도록 되어 있다. 면담을 통해 업무 난이도와 추진 방향을 공유하는데 대부분은 건너뛴다. 대부분 경력, 현직급 승진연도로 순위가 정해지는 룰을 따른다. 원칙은 성과가 우수한 직원을 앞 순위에 놓게 되어 있지만 이게 쉽지 않다. 예를 들어 같은 6급이어도 승진 연도가 다를 수 있다. 적게는 6개월 많게는 4, 5년 정도, 그 이상도 있을 수 있는데 아무리 성과가 좋아도 경력을 무시하고 1순위로 평가하는 부서장은 그렇게 흔치 않다. 그래서 공무원을 하려면 하루라도 빨리 들어와서 제때 승진하는 게 제일 좋다고 한다. 물론 정부의 방침대로 철저하고 공정하게 평가가 이루어져야 하지만 사용하는 성과표가 공정하고 객관적이냐고 물었을 때 명확하게 답을 할 수가 없다. 공무원의 개별 업무 자체가 일관적이지 않고 복잡다단하기 때문이다. 그래서 1순위자가 심각한 흠결이 없다면 순리대로 평가하게 된다. 그건 그렇다고 하나 조직을 운영해야 하는 부서장의 입장에서 보면 소통과 화합을 가져오기 위해 가장 기본적인 패러다임은 이야기를 나누는 방식이다. 나와 한 부서에 있는 그 사람이 평소 어떤 생각을 하는지, 업무에 어려움은 없는지, 개인적으로 곤란한 처지는 아닌지 관심을 가질 필요가 있다. 업무에 집중하고 있는지, 어떤 분야에 좀 더 나아지려는 노력을 하고 있는지 들어보아야 한다. 그렇다고 일거수일투족을 감시하거나 꼬치꼬치 캐묻는다는 것은 아니다. 그저 알아보는 수준이면서 동시에 사무분장이나 팀 배치에 활용할 수 있다. 더구나 짧게는 몇 개월, 길게는 몇 년을 같이 보내야 하는 그들과 큰 부딪침 없이 원활하게 지내기 위해 이런 과정이 필요하다는 생각이 들었다. 면담은 순조롭게 이루어졌다. 장소는 사무실 밖 복도 끝에 테이블과 의자 2개를 갖다 놓고 시작했다. 취향껏 차를 가져온 사람도 있고 그냥 앉아 내 말만 듣고 간

이들도 있다. 주로 젊은 층들이 말이 없었다. 나중에 안 사실이지만 그들은 말이 없는 게 아니라 나와 할 말이 없는 거였다. 많이 듣고자 했지만 어색함을 피하려고 많이 떠들어 댔다. 생각처럼 쉽지 않다.

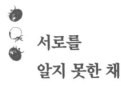

서로를
알지 못한 채

　스물두 명의 직원들은 언뜻 보면 서로 비슷해 보이지만 매우 다른 삶을 살고 있다. 젊은이와 중년, 남성과 여성, 때로는 각자 처한 상황에 따라 너무도 다른 생각과 고민이 있었다. 보기에 그저 안정되고 평화로워 보였는데 이직을 고려할 만큼 공무원 조직에 큰 실망하는 이도 있었고, 연로하신 아버지 보살핌에 지친 직원은 조기 퇴직을 생각하고 있었다. 어떤 이는 가족과 갈등으로 마음 아픈 시기를 보내고 있었다. 그렇게 심각한 자기 문제에 빠진 경우 조그만 일에도 불안과 열등감에 화가 치밀어 오른다는 고백을 들었다. 주변 동료나 팀장과 자주 업무 관계로 다투는데 사실 다투고 보면 정말 별일도 아닌 것이라고, 그런데도 자꾸 되풀이되는 일상

융통성 좀 없다고 그만둘 순 없잖아

이 힘들다는 얘기도 했다. 그들의 이야기를 들었다. 딱히 내가 해 줄 말은 없었다. 이미 어떤 문제가 있고 어떻게 해야 하는지 너무도 잘 알고 있었다. 모든 것에는 상대가 있고 감정은 뭉친 실타래처럼 가닥을 찾지 못한 채 방치되어 있었다. 엉킨 실타래를 풀기 위해서는 풀리지 않는 부분은 과감하게 잘라버리고 다시 시작 부위를 찾아 천천히 감아가야 한다. 그러나 잘라 버려야 하는 감정, 그리고 다시 되짚어가야 하는 감정을 선택하는 일조차 엄두가 나지 않으니 그냥 포기하게 된다. 성격 유형에 따라 문제를 인식하고 대처하는 방식들이 달랐지만 많은 것들을 생각하게 했다. 부서장이 해야 하는 것들은 바로 팀원들의 어려움을 이해하고 들어주는 노력, 이래라저래라 식의 해법 제시보다 함께 일하는 동료를 살피고 챙기는 역할이라는 것을 생각했다. 그리고 면담을 통해 알게 된 것은 '세상은 보이는 게 전부가 아니다'와 '누구나 알 수 없는 고민이 있다'라는 사실. 자신의 문제에 너무 빠져 있으면 타인에게 보낼 에너지가 없어 겉보기에 냉담하고 쌀쌀한 행동을 보일 수도 있다는 것을 알았다. 그래서 사실 사람들의 내면이 얼마나 친절하고 부드러운지, 딱딱한 껍질 속에 들어 있는 작고 여린 감정들이 온전히 밖으로 나올 때가 언젠가는 있을 거라는 희망을 생각했다. 나이가 더 들거나 경험이 더 많이 쌓이면 저절로 알게 되는 것들도. 그래서 섣불리 말해 주지 않아야 하는 것들도 상당하다는 것을 면담을 통해 알게 됐다.

그리고 우연히 알게 되었지만 중요한 사건 하나를 발견했다. 지난번 회의 참석 확인을 제대로 못 해 나 대신 팀장이 갑작스럽게 투입되어 적잖이 불편했던 사건의 진상 말이다. 실무자는 나에게 문자라도 보내겠다고 했지만 주무팀장은 휴가 중인데 신경 쓰게 하지 말자고, 부서장인 내가 잘 알아서 할 거라고 했다는 거다. 듣고 보니 나를 너무 높이 평가해서 그런 거였다. 겉으로 드러내는 내 모습은 거의 완벽에 가깝다. 잘 몰라도 아는 척, 불편해도 그렇지 않은 척, 거의 기만에 가깝지만 정말 친한 사람이거나 가족 이외에는 잘 모른다. 나는 모임 정산을 알리는 글을 읽고 거기 적힌 79,000원을 입금했다. 나중에 총무에게 왜 돈을 보냈냐는 말을 듣고서 다시 읽어보니 더 내는 것이 아니라 1인당 돌려준다는 금

융통성 좀 없다고 그만둘 순 없잖아

액이었다. 총무는 열다섯 명 중 유일하게 나만 입금했다고 했다. 그 정도로 나는 덤벙대고 허술했다. 무엇이든 대충 둘러보는 변변치 못한 면이 있음을 진작에 고백했어야 하는데 그러지 못했다. 순전히 내 탓이었다. 그럼에도 그들을 탓했다. 나는 서무 업무 담당자를 불러 일정 관리에 대한 이야기를 나눴다. 주무관은 나에게 스마트폰에 있는 캘린더를 제안했다. 이 간편하면서도 똑똑한 앱은 부서의 공식 일정과 내 개인사까지 담을 수 있다. 노화로 인한 기억력의 한계를 시스템으로 보충받는 셈이다. 그러면서 어떻게 AI(인공지능) 발전을 욕할 수 있겠는가. 일일이 담당자를 불러 회의와 미팅을 체크하던 시대에서 이제는 아무런 대화도 없이 일정을 공유할 수 있는 시대에 살고 있다. 편해진 것은 사실이지만 대화가 없어지는 것도 사실이다.

초반에 엄청난 부담이었던 면담이 뒤로 갈수록 수월했다. MBTI 분석을 통해 신기한 듯 자신을 들여다봤다는 나이배기 고참도 있고, 자신의 성격 유형이 마음에 들지 않는다는 신규 직원도 있었지만 대체로 만족스러웠다. 만약 다음에 또다시 도전해 본다면 두 가지 정도는 고려할 필요가 있다. 첫 번째는 면담 순서를 잘 정해야 한다. 평소 잘 알고 있었던 직원부터 시작해서 면담에서 자연스럽게 대화하는 법을 익히고, 이 면담에서 나와 그 사람의 관계가 어떠하면 좋을지를 깊이 생각해야 한다. 그래야 이후에 만나게 되는 약간 서먹한 사이에서도 부드럽게 대화를 이어갈 수 있다. 두 번째는 별도의 면담지가 필요하다. 규정에 있는 근무평정 서식은 업무만을 가지고 평가하도록 되어 있어 그 사람의 스토리를 알 수 없다. 별도 요청한 면담지에는 '살면서 가장 행복했던 날', '가장 이해하기 힘들었던 일', '공무원을 하게 된 동기'를 쓰게 했다. 물론 강제가 아니었기에 A4 한 장을 꼭 채운 사람도 있었고 절반도 못 채우거나 아주 짧은 단답형도 있었다. 어떤 것도 괜찮았다. 제출해 준 것만으로도 고마운 일이었다.

'I'밭의
파수꾼

정말 신기하게도 스물두 명 중 'E'는 단 한 명이었다. 사무실이 유난히 조용할 수 있었던 것은 온통 'I' 텃밭이었기 때문이었다. 물론 'I' 중에서도 외향성 비율이 높을 수도 있었지만 이곳은 드물었다. 게다가 그 희귀한 'E'는 업무 특성상 별도 외부 건물에서 근무하고 있어 동일한 파동을 공유할 수 없었다. 2024년 한국인의 MBTI 유형 분포도를 보면 ISTJ(청렴결백한 논리주의자)가 제일 많다고 한다. 그다음이 ESTJ(경영자), ENFP(활동가), ISFJ(수호자) 등인데 우리도 비슷했다. ISTJ(청렴결백한 논리주의자), ISFJ(수호자), INFP(중재자)가 대부분이었다. ISTJ 유형의 팀원들은 말 그대로 반듯했다. 초과근무 인정시간이 70시간이라해도 꼭 할 일이 있을 때만 나왔다. 대부분은 특별히 할 일이 없어도 그 시간을 꼭 채워야 한다는 마음에 사무실에 앉아 있는 경우도 있는데 이 유형의 사람들은 해당되지 않았다. 초과가 꼭 필요한 때만 나왔다. 그만큼 정직과 소신, 철저한 현실주의자로 '가장 사기를 안 당할 것 같은 MBTI 순위 1위' 또는 '장기 근속에 적합한 공무원'이라는 분석도 있었다. 다음으로 많은 유형이 ISFJ였다. '용감한 수호자'로 불리는 이 유형은 조화와 안정을 좋아해서 타인을 잘 배려한다고 한다. ISTJ와 알파벳 하나 차이인데 많이 달랐다. 그리고 이 두 유형은 서로 보완관계에 있어 서로 신뢰를 쌓기 때문에 조직 내에서 조용하고 편안한 생활을 할 수 있다고 한다. 가만히 보니 이 두 유형이 섞여 있는 팀은 분위기가 좋았다. 내향적이면서 논리적인 면이 비슷했다. 처음에는 단순히 직원들 개개인의 성향을 알고자 했지만 면담이 진행되는 동안 팀 구성원간의 관계도 들여다볼 수 있었다. 팀원들 간에 또는 팀장과 팀원 사이, 다른 팀과의 관계가 어떤 흐름을 형성하는지 분위기 정도는 파악할 수 있게 된 것이다. 그렇게 나는 2주일에 거쳐 모든 면담을 마쳤다. 말을 먼저 뱉어 버리는 바람에 시작했으나 상담 전문가가 아니니 괜한 호구조사나 가벼운 농담으로 끝맺을 때도 있었다. 그러다 말이 좀 통하는 사람을 만나면 자연스럽게 이런저런 사는 얘기로 즐거움도 나눴다. 또 누군가는 전혀 말을 하려 하지 않아 주로 단답형으로 묻다가 급하게 마무리 할 때도 있었다.

얼마 전 '조직문화 활성화'란 주제로 강사가 초빙된 적이 있다. 당연히 리더의 역할을 강조하는 내용이었고 강사는 리더로서 조직을 잘 관리하려면 우선 세 가지를 통합해야 한다고 했다. 업무의 목표, 조직의 가치, 정서적 통합. 이 중 가장 먼저 해야 할 것은 무엇이라고 생각하는가? 나는 '정서적 통합'이라고 생각했는데 아니었다. 첫 번째는 업무에 대한 공통된 합의였다. 우리는 같은 직장이라는 울타리 안에 들어와 있고 해야 할 일들이 어떤 성과가 필요한지 알아야 하기 때문이라고 한다. 그다음은 조직이 지향해야 하는 가치를 공유해야 한다고 했다. 달성할 목표를 위해 어떤 방식으로 나아가야 하는지, 그리고 그들이 나아가는 방향이 조직의 존립 목적에 잘 맞아 떨어지는지를 합의해야 한다고 했다. 그리고 끝으로 정서적인 통합을 통해 구성원들간 호감과 흥미, 커뮤

니케이션을 위한 다양한 이해 관계를 구축해 나가야 한다. 어설픈 시도였지만 나쁘지는 않았다고 확신한다. 면담 잠깐 했다고 당장 직원들과 사이가 좋아지거나 하지는 않지만 부서장으로서 직원들에게 관심을 표현할 수 있었다. 업무 목표니 조직 가치니 장황한 설정은 없지만 일보다 사람을 중시한다는 느낌은 주지 않았을까. 철학자 비스켄슈타인은 '어떤 돌을 옮기려고 할 때 도저히 손을 댈 수가 없다면 주변의 돌부터 움직여라.'라고 했다. 무슨 일을 할 때 수많은 장애물이 있다는 먼저 주변의 것부터 움직여야 한다는 거다. 직원들과 나 사이에 놓인 장벽을 단번에 허물 수는 없지만 이런 계기를 통해 서로를 살필 수 있는 작은 창문 정도는 뚫었다고 자부하고 있다.

융통성 좀 없다고 그만둘 순 없잖아

조용한 연말은
그저 생각만

　매년 다가오는 연말, 특별할 것도 없는, 그저 다른 날의 연장일 뿐인데 각종 매체마다 마치 지구가 곧 멸망이라도 하는 것처럼 요란스럽다. 나는 조용한 연말을 좋아한다. 사실 부서의 소통과 화합을 위한 3종 세트 마지막 프로젝트가 직원 화합대회였다. 하지만 돌아보니 어느덧 11월 말, 일정이 녹록지 않았다. 아직 끝내지 못한 시범 사업이 있었고 내년도 신규시책 보고회도 며칠 남지 않았다. 게다가 요즘 젊은 세대는 회식이니 모임이니 하는 단체활동을 좋아하지 않는다고 하지 않는가. 중간에 소그룹 식사는 몇 번 있었다. 생일 축하도 있었고, 구내식당이 지역경제 활성화를 위해 문을 닫은 날에는 다 같이 근처 식당으로 우르르 몰려가는 바람에 회식이 되기도 했다. 그래서 굳이 화합이니 단합이니 하는 명분으로 자리를 만드는 것은 번거롭다고 혼자 단정하고 있었다. 게다가 그런 거 하자고 했다가 '리얼 꼰대'라는 말을 들을 수도 있지 않겠나. 그런데 12월을 이틀 남긴 어느 날, 티타임 자리에 주무팀장이 '화합대회' 이야기를 먼저 꺼냈다. 잊은 줄 알았는데 내 말을 확실히 기억하고 있었다. 나는 아차차 싶었지만 "그러게요." 하며 마치 처음 듣는 것처럼 하며 슬며시 팀장들 얼굴만 살폈다. 누구는 마침 송년회도 해야 하니 연말에 묶어서 하면 좋겠다고 했지만 또 다른 팀장이 안 된다고 했다. 먼저 '화합대회'를 하고 송년회는 12월 마지막 주에 해서 두 번을 해야 한다는 거였다. 나는 눈치를 살폈다. 따로 하자는 쪽이 3명, 묶어서 하자는 쪽이 2명이었다. 나는 결정을 해야 했다. 먼저 말을 꺼냈으면서 우물쭈물하는 것도 우스웠지만 조용한 연말이기를 바랐는데 회식을 원하는 이들도 있을 수 있다는 생각이 들었다. 내가 주저하자 주무팀장은 부서회식과 화합대회의 모든 결정을 전체 부서원의 의견을 듣고 정하자고 했다. 그리고 바로 서무 주무관이 단체 톡방에 회식 투표를 올렸다. 요즘 부서장은 회식 메뉴나 화

융통성 좀 없다고 그만둘 순 없잖아

합대회 종목을 선택할 권한이 없다. 예전 과장들은 직원들이 심혈을 기울여 의견을 말하면 "어이, 그러지 말고 이렇게 하자구."라며 모든 일정이나 장소, 음식 메뉴를 자기 뜻대로 정했었다. 그럼에도 아무도 토를 달지 않았다. 지금은 절대 그럴 수 없다. '의사소통'을 조직 활성화의 최고 화두로 삼는 이때 부서장은 발언권만 있는 구성원 중 한 명일 뿐이다. 그중 확실한 것을 좋아하는 팀장이 퇴근 후 간단히 운동경기를 하면 어떠냐고 했다. 게임은 모든 사람이 즐길 수 있는 '볼링'으로 정했다. 그 자리에서 의견이 모아졌다.

12월 첫 주 목요일, 퇴근 후 우리는 볼링장으로 갔다. 지난 7월 정기인사에 한 명이 충원되면서 총 스물네 명이었고, 네 명씩 6개 팀을 만들었다. 레인별로 세 게임을 하고 무조건 점수가 많은 팀이 우승이었다. 팀별 조원은 개인별 수준을 고려해서 상, 중, 하를 골고루 섞었고, 어느 누구도 마이볼(마니아가 개인별로 소장한 자신의 볼링공)을 사용하지 못했다. 볼링장에서 빌려주는 신발과 공만 써야 했다. 게임은 무엇보다 공정해야 한다고.

세 게임은 쉽지 않았다. 평소 볼링을 거의 하지 않으니 점수가 좋을 리 없었다. 열심히 굴렸건만 볼이 옆으로 딱하게 굴러가다 골로 냅다 떨어지는 횟수가 늘어날수록 내 두개골도 패였다. 실력은 없고 욕심만 있었다. 당연히 내가 속한 팀이 꼴찌였다. 내 실력이 모자란 것도 있지만 상급이라는 직원이 실력 발휘를 제대로 못했다고 했다. 아무래도 부서장이 있어서 그런 게 아니냐고 셀프디스를 해 줬다. I 유형들이 내성적이기에 어디서나 조용한 줄 알았는데 게임을 하는 동안 이들은 볼링장이 떠나가게 소리 지르고 응원했다. 스트라이크를 날리면 주인공에게 달려들어 일일이 하이파이브를 나누고 초보라 볼링공이 앞이 아니라 뒤로 떨어져도 '괜찮아'를 합창했다. 외향이냐 내향의 문제가 아니라 관심과 취미 차이인 것 같았다.

직장의 맛

    우리는 게임이 끝나고 바로 옆에 있는 음식점으로 자리를 옮겼다. 본격적으로 먹기 전에 간단히 시상식을 했다. 연말 부서평가에서 좋은 결과가 있어 상금이 꽤 있었다. 단체상과 개인 MVP 그리고 응원상까지. 되도록 6개팀이 고르게 받을 수 있도록 안배했지만 말처럼 되지는 않았다. 그래도 누구 하나 뭐라 하는 사람 없이 우리는 그저 웃고 많이 떠들었다. 이렇게 잘 놀고 웃고 즐기는 사람들이 사무실 안에서는 왜 그렇게 조용할까? 업무에서 오는 스트레스, 조직이 주는 중압감이 우리를 옥죄는 거겠지. 앞에 놓인 돼지갈비가 지글지글 잘도 익는다. 점잖은 A 팀장이 오늘은 활력이 넘친다. 볼링에서도 최강자였다. 우승팀이었고 개인 MVP까지 받았다.

사무실에서의 그와 볼링장에서의 그는 아주 다른 사람 같았다. 그렇게 말이 없고 조용한 사람이 게임이 시작되자 진지한 야망 덩어리로 변해 있었다. 색다른 모습이었다. '고기가 타고 있어요, 어서 드세요.' 여기저기서 술잔이 부딪히고 고기가 뒤집힌다. 부족한 반찬을 채우러 자리에서 일어나는 사람, 고기가 부족하다며 더 먹어도 되냐고 묻는 MZ들, 화합대회가 주는 에너지는 또 다른 즐거움이었다. 그래, 인생 뭐 있나? 이게 재미지. 직장생활도 이런 맛에 다니지 않냐는 예전 선배들에게서나 들었을 법한 말투가 여기저기서 흘러나왔다. 이렇게 재미있는데 어째서 요즘 젊은 층들은 싫어할까? 최근에 안 사실은 젊은 층들이 회식을 싫어한 게 아니라 부서장이나 나이 많은 사람들과 엮이는 것을 꺼리기 때문이라고 한다. 그들끼리 있을 때와 윗사람들과 있을 때의 온도 차이가 엄청나다고 한다. 아쉽다. 그들도 결국은 나이를 먹는데 말이다. 화합대회를 마치고 집으로 돌아오는데 뿌듯했다. 온전히 즐기는 기쁨이라는 것이 이런 것일까? 사무실에 첫 발을 내딛던 그날, 그 생소하고 낯선 부끄러움에 몸 둘 바를 몰랐는데 불과 일 년도 안 되어 익숙해졌다. 그리고 그들과 함께 즐겼다. 즐길 수 있다는 것은 괜찮다는 믿음이 있기 때문이다. 자신이 안전하다고 느낄 때 업무에 대한 열정도 그리고 자기 역량을 발휘할 기회를 만들 수도 있다. 게임을 함께 하면서 서로를 응원했다. 잘하고 못하고가 중요한 것이 아니라, 그냥 어울리면서 남들 회사생활하듯 먹고 떠들었다. 그렇게 또 한 해가 지나간다.

Chapter 3

내게는
너무나 먼 길

괜한 기대가 아니길
: 급여야 올라라

확실히 나는 순수한 사람은 아니다. 은근히 계산적이다. 솔직히 처음에는 직원들과 친해 보자는 단순한 의도였지만 점점 부서장으로서 역할도 잘해 보고 싶었다. 그래서 직원들이 귀찮아 할 수 있는 이런저런 일들을 시도해 봤다. 다행히 효과가 있었다. 내부 분위기도 좋아졌지만 무엇보다 외부 평가가 좋았다. 연말 부서평가에서 가장 많은 시상을 받았다. 직원들 개인 표창은 물론 외부재원, 수시평가, 우수사례 공모, 청렴도 평가 등 거의 모든 평가에 수상 부서로 선정되었다. 오죽하면 시상 무대에서 우리 과 이름이 호명될 때마다 "또 받아?"라며 직원들이 수군거렸을까? 부서장급 회의에서도 수상을 축하하는 동료들의 인사를 받을 때마다 목과 어깨에 힘이 들어갔다. 사실 부서장들이 평가에 신경을 쓰는 이유는 5급 이상 직위자는 성과 연봉제 대상이기 때문이다.

　공무원의 연봉제는 2006년경에 도입되었다. 예전에 적용됐던 호봉제는 근속연수에 따라 자동으로 급여가 올라가는데 연봉제는 성과를 물어 급여에 차등을 준다. 민간의 급여 방식을 공직에도 반영한 것이다. 연봉을 이루는 주된 요소는 기본급, 직무급, 성과급, 제수당인데 여기서 성과급이 바로 연봉을 결정하는 주요 변수다. 기본급은 호봉과 같은 산정 방식으로 근무연수에 따라 주는 거라 큰 의미는 없다. 직무급도 직무의 중요도와 난이도에 따라 추가되는 금액이지만 차이가 없다. 다른 수당은 가족수당이나 근무 지역 수당으로 개인별로 다르지만 애초에 산정액이 적어 크게 차이가 없다. 그러나 성과급은 얘기가 다르다. 개인 또는 팀의 성과에 따라 지급되는 보너스 형태로 업무성과가 우수한 경우 더 높은 보상을 받게 된다. 처음에는 별 관심이 없었지만 부서 성과가 외부로부터 인정받을 때마다 내 성과 연봉에 대한 기대 심이 불어나기 시작했다. 같은 직급이고 비슷한 근무 경력인

융통성 좀 없다고 그만둘 순 없잖아

데 우수 부서로 평가되면 성과급에도 당연히 반영되는 것 아니겠는가. 그럼 내 연봉도 높아지겠지. 언제까지 바닥만 칠 수는 없으니까. 게다가 한번 책정된 연봉은 그다음 해 연봉에서 기본금으로 책정되므로 누적 연봉 자체가 높아지는 효과가 있었다. 그리고 성과금에 신경을 쓰는 또 다른 이유는 퇴직 연금과도 관련 있다. 많이 받으면 연금도 많이 받게 된다. 승진을 빨리하고 싶은 이유 중 하나도 오른 급여로 퇴직 연금이 산정되기 때문이다. 나는 대체로 승진이 늦었다. 그러니 퇴직금도 동기에 비해 훨씬 적다. 하루빨리 급여를 높여 은퇴 후에 연금을 조금 더 받을 수 있어야 한다고 생각해 왔다. 물론 생각만 한다고 이뤄지는 것은 아니지만 이번에는 잘될 것 같았다. 직원들이 잘해 줬다. 올해 받은 평가는 내년 연봉 책정 때 반영되기에 나는 조용히 기다렸다.

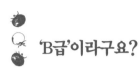

'B급'이라구요?

"괜찮아, 괜찮아, 릴랙스, 릴랙스" 설마 잘못 보았나? 노안이 와서 모니터를 보면 가끔씩 초점이 흐려질 때가 있다. 다시 한번 확인해 보자. 난시가 심한 왼쪽 눈을 몇 번 더 깜빡인 후 다시 쳐다보았다. "이런 젠장" 무슨 말인들 못하랴. 말이라도 그렇게 하지 않으면 눈물이 날 것 같았다. 간절히 릴랙스를 찾았지만 이미 도망가고 없었다. 갑자기 찾아온 갱년기 증상처럼 잠깐 사이 아주 뜨거운 열이 솟구쳐 올랐다. 그나마 옆에 아무도 없는 게 다행이었다. 이듬해 3월 성과연봉 책정 등급이 통보되었다. 'B'였다. 한마디로 남들 8백만 원받을 때 나는 3백만 원을 받게 된다는 얘기다. 돈도 돈이지만 완전 저성과자로 낙인이 찍혔으니 자존심이 뭉개졌다. 허

둥대며 담당자 전화번호를 뒤지고 버튼을 눌렀다. '안녕하세요?' 마치 내 전화를 기다리기라도 한 것처럼 저편에서 여유로운 낮은 음이 들렸다. 하지만 상대는 굉장히 긴장하고 있었다. 짧게 단답형의 대답만 하고 있었지만 목소리는 미세하게 떨리면서 힘이 없었다. 설명하는 내내 침을 꼴딱 삼키는 소리까지 고스란히 전해졌다. 이유는 장황했지만 논리적이지 않았다.

평가의 기준은 세 가지였다. 일 년에 두 번 실시하는 근무성적 평정 중 근무실적 부분 45%, 전년도 부서 업무평가 45%, 나머지 10%가 기관 내부 간부들의 평가로 이루어져 있다. 업무평가가 성과급 결정에 중요한 변수이기에 거의 모든 부서장급들이 평가 항목에 신경을 곤두세우고 있다. 나도 예외는 아니었고 조바심을 내며 한 해를 보냈었다. 마침 운이 따랐는지 연말 부서평가에서 우수상을 받았고 은근히 나의 성과등급에 대한 기대도 높아진 상태였다. 그런데 'B등급'이라니. 그것도 거의 바닥 순위, 여차하면 한 푼도 받지 못하는 'C등급'으로 전락할 뻔했다고도 한다. 웃음조차 나오지 않았다. 그럼 부서 업무평가는 뭐 하러 하는 건가요? 호전적인 질문에 담당자는 대답을 못 했다. 뭐가 문제인가요? 나는 집요하게 물었다. 평가표를 본 것이 아니기 때문에 뭐라 판단할 수 없지만 성과급의 취지를 들먹이며 사장된 부서평가의 결과를 반복해서 물었다. 그도 이미 공문으로 배부된 부서평가 결과를 알고 있다고 했다. 그런데 왜 변화가 없는 것인가를 나는 집요하게 따져 물었고 그는 맥락 없는 말들만 되풀이했다.

그는 참 똑부러지는 사람이었다. 한때 나와 같은 부서에서 근무했고 공정한 업무 스타일로 평판이 나면서 지금의 인사담당자로 발탁된 것임을 알고 있었다. 그랬던 그가 궁색한 답변을 찾느라 애쓰고 있었다. 더 이상 대화는 진척이 없었는데 그가 힘들었는지 다른 평가에서 점수를 못 받았다며 급히 전화를 끊었다. 그 말은 이런 뜻이었다. 실제 업무평가 점수는 높았지만 다른 두 개의 점수, 근무평정에 산정된 실적 점수와 기관장 점수를 받지 못해서 하위권으로 떨어진 거라는 얘기다. 성과평가인데 왜 근무실적점은 낮은 것이며 내부 평가는 왜 못 받은 것인가? 그리고 실제 근무성적평정 중 근무실적점은 순위별 점수 차이가 거의 없다. 변별력이 없기 때문에 내부평가를 통해 순위를 매길 수밖에 없는 구조였다. 실적보다는 다른 주관적 평가의 잣대가 주요한 변수였음을 넌지시 암시하는 내용이었다. 더 따져봐야 나올 게 없다는 얘기다. 결국 부서평가는 시상으로만 끝났고 부서장은 그와는 별개로 개인으로만 평가한다는 얘기가 아닌가? 부서 평가와 상관없이 근무경력이나 연령으로 보겠다는. 연봉제의 의미가 무색해지는 답변이었다. 업무평가는 투명하고 공정한 평가를 위해 외부 민간인이 섞여 있다. 그래서 결과를 마음대로 조정하기가 어렵다. 허나 근무평정이나 기관 평가는 순전한 내부 간부들 소관이다. 마음만 먹으면 얼마든지 업무평가를 뒤집을 수 있는 키를 가지고 있다. 평가대상 중 나는 유일한 여성이고 비교적 나이도 적었다.(결국 성차별로 귀결하는) 이런 불길한 느낌은 경험에서 오는 익숙함이다. 당연히 'B등급'은 처음이 아니었다.

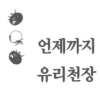

언제까지
유리천장

생각할수록 화가 치밀어 올랐다. 부서장이 되어도 이런 차별을 받는다는 게 씁쓸했다. 다음 날 이의신청서를 제출하기로 했다. 평가의 객관성과 공정성, 그리고 점수별 편차 배분에 대한 불합리성, 혹여라도 여성 부서장에 대한 차별, 지난해 부서평가 결과 통보 공문까지 세 장을 꽉 채웠다. 성과 등급 결정 후 이의신청을 하면 성과급 심사 위원회를 통해 재심사를 받는다. 심사과정에서 등급이 상향 조정되면 예산 범위에서 추가 지급할 수 있도록 지침은 되어 있다. 그러나 결과는 뻔하다. 여태까지 성과연봉을 지급하면서 이의신청을 받아 변경된 사례는 단 한 건도 없다고 했다. 유명무실한 문구였다.

융통성 좀 없다고 그만둘 순 없잖아

실무자와 통화한 사실을 전달받았는지 인사팀장에게서 전화가 왔다. 첫마디는 위로였다. 아쉬운 결과지만 어쩌겠냐고. 이미지를 생각해서 참고 견디는 것이 낫다는 말이었지만 내 귀에는 회유처럼 들렸다. '항상 이러지는 않겠지요.'라고 했지만 좀 솔직하게 말한다면, '여태 그래 왔는데 뭘 새삼스럽게'가 맞지 않을까. 오기가 생겼다. 지금까지는 그래 왔다고 하더라도 앞으로도 계속 이런 식이면 안 되는 것이 아닌가. 문득 토마스 피케티(Thomas Piketty)의 문장이 떠올랐다. '인류의 진보는 결코 자연적 진화가 아니다. 그것은 역사적 과정과 특정한 사회적 투쟁의 결과물이다.' 누군가가 싸우지 않으면 변화는 오지 않는다는 말. 그런 행동들이 시대를 바꾸고 사람을 바꿔왔다. 내가 뭐 이 문제를 가지고 청와대 게시판에 글을 올리겠다는 것은 아니지만 뭔가 액션이 필요했다. 전화를 끊고 메일을 작성하기 시작했다. 하지만 보내기를 바로 클릭할 수 없었다. 고민스러웠다. 인사팀장 말대로 괜히 제출했다가 더 눈 밖에 나면 어떡하나? 굳이 이렇게까지 내 입으로 내가 한 일을 떠벌리는게 맞나? 그냥 순순히 받아들이고 말아야 하는 것인지.

늘 소외되고 이용당하는 기분이었다. 좋은 상급자를 만났어도, 누구나 가고 싶어 하는 부서에 있었어도 내 자리는 늘 구석지고 그늘이 졌다. 중요한 평가마다 10위권 밖이었다. 항의하고 화를 내고 애원해야 간신히 돌려다 봤다. 그러다 보면 기회가 오기도 했다. 원래 내 것은 아니었지만 앞에 있던 누군가가 돌연 사태로 자격을 잃고, 대신 누군가를 채워야 할 때 커다란 선심처럼 다가왔다. 자리를 옮길 때도 승진을 할 때도 그랬다. 버스를 타려고 표를 샀지만 번번이 내 앞에서 끊겼다. 곧 문이 닫히고 버스는 출발했다. 아쉽지만 뒤에 있던 모두가 표를 환불하기 위해 돌아섰다. 그때 갑자기 버스가 멈추고 누군가가 내린다. 나는 얼른 버스를 향해 달리고 우연히 운전기사와 눈이 마주친다. 빤히 쳐다보는 내 시선을 피하지 못한 기사는 턱으로 올라오라는 신호를 보낸다. 드디어 나도 갈 수 있다는 안도의 숨을 쉬며 여유 있게 밖을 내다본다. 그때 알았다. 유리 차장 너머 길게 서 있는 다른 여자들. 내 입에서 평등이니 차별이니 하는 말들이 나오는 것을 별로 좋아하지 않았다. 꺼내는 것 자체가 정당하지 않은 것 같았다. 내가 할 일만 똑바로 잘하고 열심히 노

융통성 좀 없다고 그만둘 순 없잖아

력만 하면 남들 다 하는 승진, 남들 다 가는 자리에 갈 수 있을 거라고 철석같이 믿고 살았다. 아니 믿고 싶었다. 그렇게들 말했으니까. 그런데 아니다. 이제는 좀 솔직해져야겠다. 지방 작은 소도시, 음으로 양으로 얽히고설킨 학연, 지연, 그리고 같은 성별끼리의 끈끈한 연대는 도저히 근접할 수 없는 영역이었다. 이런 지역에서 여성이 승진한다는 것은 '그 여자는 독하다'와 동일어였다. 순한 사람을 독하다고 만들어 놓고 뒤통수에다 대고 없는 말을 만들어 내는지 도저히 이해할 수 없었지만 지금은 안다. 그렇게 해야 그들만의 리그가 이어지니까 게임 안에 들여놓는 것 자체를 금했던 거다. 애초에 '기울어진 운동장'이었다. 그러니 알려야 하지 않겠나. 내가 제출한 '이의신청서'를 보고 받은 남성 관리자의 입에서 또 어떤 말이 나올지 뻔하다. 그러거나 말거나. 지난 35년간 많은 변화가 있었고 어딘가는 내 믿음처럼 공정하게 돌아갔다. 여성 사무관이 50%가 넘는 기관도 있다는데 놀랍지도 않다. 혹시 이 대목을 읽으신다면 여러분이 살고 계신 지역에서 5급 이상 여성공무원 비율이 얼마나 되는지 알아보시기를 바란다. 설마 20%도 안 되는 것은 아니겠지요.

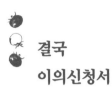

결국
이의신청서

다음 날 나는 신청서를 보내기 전에 인사팀장에게 전화했다. "변할 거라고는 생각하지 않지만 가만히 있을 수가 없네요. 이런 일은 내가 아니어도 누군가에게 또 발생할 수 있다고 생각해요." 인사팀장은 가만히 듣고 있었다. 잘 들어주는 사람이었다. 오히려 말이 없으니 미안해졌다. 다시 그만둘까 했다가도 이미 내뱉었으니 해 보기로 했다. 그동안은 내 개인 실적은 증명할 데이터가 없었지만 지금은 아니다. 확실한 부서평가가 있다. 일 잘한다고 내 입으로 떠들어봐야 아무 소용이 없는데 공신력 있는 평가 결과가 있지 않은가? 연초에 수많은 평가지표가 내려오고 일 년 동안 부서원들과 부지런히 실적을 쌓았고 우수한 성적을 받았다. 우수부서로 인

융통성 좀 없다고 그만둘 순 없잖아

정되었고 연말에 대대적인 시상이 이루어졌다. 근거는 어디에든 있었다. 더구나 평가에서 부서 성과가 45%를 차지하고 있음에도 별다른 영향을 받지 않는다니 평가 방식에 문제가 있는 것은 아닌지 이의신청서에 평가방식에 대한 부분도 문제를 제기했다. 부서평가와 개인평가를 이원화한다면 성과급제는 무슨 의미가 있는 것인지 모르겠다. 원래의 성과급 취지는 일반 기업처럼 성과를 통해 보상을 지원하고 더 열심히 노력하라는 격려가 포함된 것이다. 그럼에도 우수부서로 선정된 부서의 과장이 하위 등급이라는 얘기는 부서장이 형편없다고 대놓고 공개하는 것이 아닌가? 열심히 하고도 인정받지 못한다니 짜증났다. 지난 일요일에 본 〈미생〉이라는 드라마가 생각났다. 2014년에 제작되었다고 하지만 지금 봐도 공감이 됐다. 무역회사를 다니는 직장인들의 애환을 다루고 있는데 거기 나오는 오성식 과장이 상당히 인상 깊다. 일이라면 물불 가리지 않고 달려드는 사람이지만 동료에 비해 승진이 늦다. 일은 많이 하는데 결정적인 성과에서는 밀리는 게 꼭 나와 비슷했다. 그리고 요즘 드라마인 〈폭싹 속았수다〉 주인공 이름도 오애순, 바다에 가족을 잃고 온갖 수난을 이겨 내는 캐릭터다. 거기에 비하면 철밥통이라는 튼튼한 밥그릇은 있지만 밥알은 없는 지방사무관 오 과장. 우리나라에 수많은 성씨가 있는데 왜 하필 작가들은 오씨 성을 따왔을까? 오씨 성을 가진 사람들은 일만 많이 하고 인정은 못받거나 늦게 받는 운명을 타고난 것일까? 엉뚱한 생각을 해 봤다. 물론 일반 회사와 공무원 조직은 많은 차이가 있지만 업무 매뉴얼을 다루는 방식이나 보고 체계의 준수, 소통의 방식 등등 사람과 관련된 부분은 거의 비슷했다.

〈미생〉과 〈폭싹 속았수다〉에 나오는 직장 여성의 삶이 남일 같지 않게 와닿았다. 여성의 직장생활이 마치 여유로운 취미생활쯤 되는 걸로 여기고 일, 가정 양립은 꿈도 꿀 수 없었던 시대, 90년대 애 둘을 낳았지만 기껏해야 출산휴가 2개월을 쉬고 다시 복귀했다. 육아휴직은 법으로 있었지만 감히 신청할 엄두도 내지 못했다. 책상을 뺀다는 얘기도 있었고 실제 사기업에서는 대기 발령이나 해고 처리를 했었다고 한다. 밀려오는 업무에 애들 얼굴조차 자세히 들여다보지 못한 채 성년이 되었다. 다들 비슷하게 살았으니 누구를 탓하

융통성 좀 없다고 그만둘 순 없잖아

기는 그렇지만 그 과정에서 다른 남자 동료에 비해 많이 뒤처질 수밖에 없었음을 조금이라도 이해해 주었으면 한다. 교육, 승진, 성과급 등 거의 모든 부분이 그랬다. 때가 되었지만 발령장에 이름이 오르지 않아 인사부서로 달려갔지만 늘 한결같이 참고 견디라는 거였다. 이번에도 결과는 같았다. 게다가 인사팀장 말대로 윗사람들로부터 불편한 말을 들었노라고 했다. 이미 예상한 거라 놀랍지도 않았지만 헛웃음이 나왔다. 내 연봉은 끝내 B등급이었다. 며칠 마음이 개운하지 않았다. 아무런 상관없는 직원들에게 공연히 짜증 섞인 말을 늘어놓았다. 별것 아닌 민원에 신경을 곤두세웠고 은연중에 B급 상사의 진상을 부리고 있었다. 일부 눈치챈 팀장들이 있었지만 그뿐이었다. 며칠 지나자 감정이 조금씩 희석되는 듯했다. 내가 너무 좀스럽게 느껴지기도 했다. 이렇게까지 남의 평가에 신경을 쓰고 있었나 하는 반성과 그렇게 새삼스러운 일도 아닌데 예민해진 기분을 톺아봤다. 무엇보다 직원들이 위로가 됐다. 그들은 부서장이 B급이든 S급이든 상관하지 않았다. 항상 따스하고 온화한 기운을 보내줬다. 일찍 출근해 있으면 누가 볼까 살그머니 제자리로 돌아가던 직원들이 부러 찾아와 인사를 건네기도 했다. 나의 등급과 상관없이 그들의 마음이 나를 향해 조금씩 다가왔다. 그거면 충분하다. 그리고 늘 뒤늦게 알게 되지만 시간은 모든 것을 스러지게 한다.

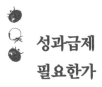

성과급제
필요한가

이쯤에서 성과급제를 한 번 생각해 봤다. 수년 전, 언론에서 그렇게 떠들어대던 '공무원 성과급제'에 대한 기사를 찾아보았다. 공무원 보수체계에 성과급제가 적용된 것은 공직사회에 경쟁력과 생산성을 높이기 위해 민간기업 방식의 성과측정을 적용한다는 취지였다. 1년간 업무실적을 평가하여 총 4개 단계 'S, A, B, C'로 구분한다. 기관별로 어떤 기준을 따르느냐에 따라 다르지만 S의 경우 기준금액의 170%, A등급은 120%, B등급은 80%, C등급은 0%이다. 금액 차이도 상당한 데다 무엇보다도 업무성과 등급이 낮은 경우 '저(低)성과자'라는 낙인이 찍혀 보직 박탈, 보수 삭감, 재교육 이후 퇴출까지 고려할 수 있도록 안을 마련했다. 당시 언론에서는 자신의 의지나 능력과는 무관하게 자리를 옮기고, 어떤 업무를 맡게 되는지도 알지 못하는 공무원 인사시스템에 성과주의 보수가 적용되는 것이 과연 옳은 것인지를 문제 삼았다.

기업은 '이윤 창출'이라는 동일한 목적하에 고객을 위한 제품 판매 등 뚜렷한 타깃이 있다. 하지만 공공영역은 '최고의 공공서비스 제공'이라는 목적이 있지만 도달점이 너무 복잡하고 다양해서 공통의 정량지표를 찾을 수가 없다. 평가를 위한 결과물들이 숫자나 데이터 등 정량적으로 특정되지 않는 특수성이 있는 것이다. 결국 성과를 측정할 객관적인 제도가 마련되지 않은 상태에서 공직사회에 성과급제를 시행하다 보니 투명성과 객관성 부족으로 '행정서비스의 개선이 아니라 평가만을 위한 평가로 전락하면서 조직 구성원의 신뢰와 지지를 받지 못한다.'라는 주장이 있어 왔다. 인터넷 블로그만 찾아봐도 여전히 성과급은 업무성과나 리더십 등 업무능력이 뛰어난 사람이 받기보다 연공서열, 평가자와의 친분 등 비합리적 요소에 의해 결정되기 때문에 조직 내 갈등과 분열을 조장하고 있다는 의견도 분분하다. 요즘도 공무원노조에서

융통성 좀 없다고 그만둘 순 없잖아

는 전 직급 성과연봉제 전환에 대한 반대 또는 그마저 어렵다면 현재 시행되는 성과상여금 제도 개선, 성과금의 균등 지급을 주장하기도 하지만 이미 고착화된 시스템을 바꾸기는 어려울 것이다. 다만 없앨 수 없다면 행정안전부는 평가 방식을 지자체에 전적으로 일임하는 것보다는 어느 정도 공정한 평가가 될 수 있도록 가이드 라인을 마련하면 어떨까 한다. 그래야 몇몇 소수의 잣대로 만들어진 결과로 마음의 상처를 입거나 정신적인 불안이 증가되는 일은 줄어들 것이니 말이다. 관련 지침에는 평가 방법이 여러 가지로 제시되어 있다. 부서 단위, 부서 단위와 개인평가의 병행 등 제시된 안은 있지만 부작용은 늘 많았다. 지금 대부분 기관에서는 개인별 평가체제를 가장 많이 하고 있는 것으로 알고 있다. 시행 초 부서 단위 평가는 더 많은 혼란을 가져 왔다. 평가 취지대로 열심히 노력했지만 평가 결과는 당연히 만족스럽지 않았고 무엇보다 저(低)성과 부서로 전락한 곳은 부서장의 성과금이 S등급 부서 8급 직원 성과금보다도 낮게 책정되는 부작용까지, '정말 일할 맛 떨어진다'가 당연하지 않은가.

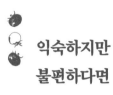

익숙하지만
불편하다면

도입된 지 꽤 되고 보니 지금은 성과급 제도가 오래된 가구처럼 익숙해졌다. 필요에 따라 여기저기 옮겨 놓아 흠집도 많아졌고, 걸레가 닿지 않는 곳에는 먼지가 뽀얗게 쌓였지만 도저히 버릴 수 없는 그런 가구 말이다. 5급 이상 공무원은 성과연봉, 6급 이하는 성과상여금으로 불리는데 위에서 말한 것처럼 평가 기준이 모호하여 객관적이지 않고 상급자의 주관적 판단에 따라 좌우되는 경우가 많다. 원래의 취지가 공정한 보상과 동기 부여를 위해 도입되었지만 현장에서는 종종 조직 내 갈등과 경쟁의 원인이 되고 있다.

지난 주말 오랜만에 친한 친구인 A 팀장을 만났다. 그는

융통성 좀 없다고 그만둘 순 없잖아

최근 중요한 정책과제를 담당했다. 새로운 시스템을 구축하는 일이었는데 당장의 가시적 성과보다는 3년 후 큰 그림을 그리는 작업이었다. 그도 나처럼 B등급을 받았다고 했다. "단기간에 눈에 띄는 결과가 없으니 성과 평가에서 좋은 점수를 받기 어렵더라고. 솔직히 평가 때문에 장기 프로젝트 대신 단기 성과가 날 수 있는 일에 집중하고 싶어." 그의 말을 듣고 보니 이 제도가 숫자 너머 진짜 성과는 볼 수 없게 만들고 있다는 것을 알게 됐다. 공익을 위한 장기적 비전과 혁신적 시도는 과연 실현될 수 있을지 의문스러웠다. 평가를 통한 경쟁 시스템은 부서간 정보 공유가 줄어들고 '내가 잘해야 상대적으로 앞선다'는 생각에 창의적 협업은 기대하기 어렵다. 이를 보완하기 위해 행정안전부는 '협업 포인트제', '창의 지식 혁신 프로젝트', 무슨 무슨 마일리지 등 많은 제도들을 내놓고 있다. 하지만 성과금에 비해 금전적 보상도 약하고 인정받을 만한 인센티브 수준으로 끌어올리지 못하는 실정이다. 다만 이런 제안을 생각해 본다. 개인의 역량과 기여도는 물론 부서 전체의 성과와 협업 정도까지 종합적으로 평가하는 방식을 개발하는 방안 말이다. 특히 '협업 지수'라는 새로운 지표를 통해 동료들과의 정보 공유, 협력 프로젝트 참여도, 부서간 소통 기여도 등을 측정하면 어느 정도 공정한 평가가 나오지 않을까. 이를 통해 조직 구성원들은 이번 분기에 무엇에 집중해야 하는지 명확히 알게 되고 부서별 특성에 맞는 지표가 개발된다. 만약 이러한 시스템이 정착된다면 기존 평가에 존재하던 '숨겨진 룰'이 사라지고 업무 효율성은 높아지게 될 것이다. 그리고 공직사회에도 반드시 성과평가가 있어야 한다면 굳이 금전적 차등이 클 필요가 있나 싶다. 항상 S등급을 받으시는 분들은 동의하지 않겠지만.

융통성 좀 없다고 그만둘 순 없잖아

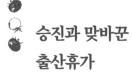

승진과 맞바꾼
출산휴가

7급 승진을 앞두고 두 개의 자치단체가 하나로 통합됐다. 분할된 지 5년 만이었다. 기관은 하나인데 그사이 공무원 수는 두 배로 늘었다. 한마디로 누군가는 불이익을 받게 된다는 얘기다. 그런 와중에도 동기들은 승진했다. 하지만 번번이 게시되는 인사 발령문에 내 이름은 없었다. 그냥 있으면 되려니 했다. 한 해 두 해를 조용히 기다리는데 차례가 오지 않았다. 그러던 중 둘째를 낳고 두 달간 출산 휴가를 갔다. 휴가 막바지에 내 아래 기수 남자 직원이 승진했다는 소식이 들렸다. 너무 이상했다. 육아휴직도 아니고 출산휴가는 말 그대로 휴가라 승진자 명부에서 없어지지 않는다. 그런데 상순위였던 나를 제치고 그 아래에 있던 사람이 된 것이다. 너무 암담했다. 출산휴가가 무슨 큰 죄도 아닌데 불이익으로 연결되는 현실을 받아들이기 어려웠다. 며칠 후면 다시 출근할 것이고, 휴직도 내지 않는다. 아기가 있다고 업무에 소홀할 생각도 없었다. 최선을 다해 묵묵히 일하리라 다짐하고 있었는데 이유는 알 수 없고 마음만 갑갑했다.

　그날 저녁, 저녁도 먹는 둥 마는 둥 하고 있는데 승진한 후배의 전화가 왔다. 미안하다고 운을 띄웠지만 내 입에서 축하한다는 말이 나오지 않았다. 임용도 늦었고 나이도 한참 어린 사람이었다. 평소 누님이라며 잘 따르고 살가운 사람이었다. 그도 그런 마음이 걸렸는지 연신 죄송하다는 말을 몇 번이고 했다. 할 수 없이 괜찮다고, 축하한다고 했다. 아무렇지도 않은 척 목소리를 높이고 오히려 웃음소리를 들려줬다. 그리고 전화를 끊고 보채는 아이를 안았다. 젖을 물리는데 갑자기 설움이 밀려왔다. 팔도 저리고 허리도 아프다. 신체의 통증과 마음의 통증이 만나는 지점이 되자 눈물이 났다. 작은 아가의 볼 위로 똑하고 굵은 눈물방울이 떨어졌다. 괜찮지 않았다. 생각하면 할수록 분하고 억울했다. 5급 승진도 아니고 기껏 7

융통성 좀 없다고 그만둘 순 없잖아

급 승진인데 내가 그렇게 못났나 싶었다. 이 작은 아이에게조차 창피했다. 눈물이 흘러 콧물까지 나왔다. 콧물로 막힌 코가 답답해져 휴지로 코를 푸는데 소리가 시끄러웠는지 아기가 젖을 먹다 멈췄다. 나는 순간 깜짝 놀라 '아냐 아냐, 너 때문이 아냐, 괜찮아 더 먹어'라며 젖을 다시 물렸다. 얼른 눈물을 거두고 아이의 볼을 어루만졌다. 아이를 쓰다듬으며 생각했다. 그래, 세상 어떤 것이 내 아이에 비할까. 승진과 맞바꾼 출산휴가, 결국 7년 후 근속으로 승진했다.

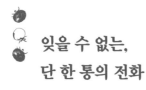

잊을 수 없는,
단 한 통의 전화

근속 승진은 한 직급에서 특정 기간 이상 있을 때 자동으로 승진하는 제도다. 8급에서 7년 이상 근무하면 자격이 주어졌다. 말이 자격이지 '얼마나 운이 없으면 그렇게까지 걸리나?'라는 말을 듣는다. 남들은 9급에서 7급까지 가는데 5년이면 족한데 나는 거의 9년이 걸린 셈이다. 게다가 우리 시에서 최초였다. 보통 승진을 하면 주변에서 축하 전화를 한다. 요즘은 카톡이나 문자로 하지만 그때만 해도 인간미가 넘치던 때여서 부러 찾아오거나 전화를 걸었다. 오며 가며 겨우 얼굴만 아는 사람도 축하를 할 만큼 관심과 애정이 넘쳤다. 그때나 지금이나 승진은 경사스럽다. 하지만 승진이 발표된 날, 아무에게도 전화를 받지 못했다. 그럴 수밖에. 축하보다

융통성 좀 없다고 그만둘 순 없잖아

는 위로가 필요했으니. 주변에 있던 과장, 팀장, 동료들의 형식적인 축하는 있었지만 그뿐이었다.

　그런데 퇴근 무렵 한 통의 전화가 왔다. 업무 관계로 알고 있었지만 전혀 예상치 못한 사람이었다. 수화기 너머 그녀의 목소리는 아주 들뜬 것처럼 시원시원했다. 듣다못한 내가 '근속 승진인데요, 뭘.' 하자 아주 잠깐 침묵이 흘렀다. 아차, 근속 승진이 뭔지 모르고 있구나. 내가 볼멘 소리로 설명하자 미안하다며 급하게 전화를 끊었다. 처음에는 그 사람 참 눈치도 없다고 흉을 보았다. 그런데 생각해 보니 그녀는 나와 다른 소수 직렬이었다. 그는 나보다 승진을 위해 더 먼 길을 가는 중이었다. 그럼에도 내게 전화를 한 거였다. 근속이나 일반 승진이나 이런 거는 모르겠고 그저 승진이라는 업그레이드 순간을 축하해 주기 위해. 그러나 나는 그의 따스한 관심을 모르고 있었다. 그저 내 감정에만 치우쳐 타인의 마음은 헤아릴 여유가 없었다.

　이후 두 번의 승진이 있었다. 7급에서 6급, 6급에서 5급,

수많은 전화를 받았고 사내 메신저와 카카오톡, 문자를 받았다. 그러나 내게 가장 기억에 남는 축하는 23년 전에 받았던 단 한 통의 전화였다. 이상했다. 부어터진 목소리로 근속 승진을 따박따박 설명하며 고마움을 되받아쳤던 그날의 통화가 왜 기억에 남을까? 그녀 혼자였기에 희귀해서였을까? 얼마 전 그녀와 차를 한 잔 마시며 그 이야기를 했다. 그녀는 전혀 기억을 못 하고 있었다. 이 얼마나 순수한 애정인가. 무슨 일이 있을 때 많은 이들의 관심과 찬사도 좋지만 단 한 사람의 진실한 마음, 아무런 대차대조표 없이 순수하게 기뻐해 줄 수 있는 사람이 있었다는 사실이 뿌듯했다. 나와 임용 시기가 비슷하지만 아쉽게도 그녀는 아직도 승진을 못 했다. 그녀의 승진이 확정되는 날, 내가 제일 먼저 축하를 해 줄 수 있었으면 좋겠다.

융통성 좀 없다고 그만둘 순 없잖아

인생은
안전지대 끝에서

출근과 동시에 사내 전산망에 접속한다. 일반인에서 공무원으로 변신하는 순간이다. 역시 메일이 하나 도착해 있다. 60세 이상 백신 부스터 샷 예약 접수는 물론 예방접종센터 이송까지 부담할지도 모른다는 안내였다. 글은 안내라는 형식을 빌려 조심스러운 당부를 해 왔지만 사실은 반드시 해야 하는 명령이었다. 올해 초 75세 이상 어르신 백신 접종으로 그 난리를 피우기 시작하더니 명절쯤 '상생 국민 지원금' 지급으로 연속된 근무 압박을 받으며 7개월을 꼬박 채우고 있었다. 이제 숨 좀 쉬려나 했더니 다시 백신 접종에 모든 직원들이 동원될 조짐이 보인다.

2021년, 그해 경력 30년을 막 넘기기 시작했고 조금씩 심적으로나 신체적으로나 느슨해졌다. 그 늘어진 시간에 라인댄스라도 배워 볼까, 독서 동아리라도 할까 하는 생각을 할 때였다. 난데없이 코로나19가 터졌다. 정말 어디서 듣도 보도 못한 감염병 팬데믹은 우리의 삶을 송두리째 바꿔 놓았다. 누구나 불편과 고생을 나름의 자리에서 겪고 있었지만 일선기관인 행정복지센터(동사무소) 근무자들, 공직자들은 불안과 볶임의 연속이었다. K-방역이나 한국의 코로나 정책에 대한 국제사회의 인정은 고사하고 나는 솔직히 국회의원이나 지자체장 등이 국민들 앞에서 일선 지방공무원에 대한 노고를 한마디라도 언급해 주길 바랐다. 그런데 다들 자신의 치적만 앞세우기 바빴다. 방역과 예방 접종에 기여한 의료기관 근무자에 대한 처우 개선과 노력에 대한 치하는 넘쳐났지만 드러나지 않은 단위들, 주민들 틈에 끼어 숱한 민원과 생활 관리를 전담해 온 지방공무원에 대한 칭찬은 부족했다. 아무리 좋은 정책이라도 이를 집행하는 하부 조직이 없다면 이게 가능한 것이었을까? 이런 아쉬움을 담고 있을 때 우연히 한 매체에서 어떤 지역 감염병관리지원 단장이 "지자

118   융통성 좀 없다고 그만둘 순 없잖아

체 공무원들은 '갈아 넣어지고' 있을 정도로 큰 정부 역할을 했다. 지역 공무원들의 노력이 없었으면 누리기 어려웠다고 본다."라고 밝힌 인터뷰를 봤다. 눈물이 핑 돌았다. 그래, 누군가는 있구나. '내가 가는 길이 험하고 멀지라도 내게 행복을 주는 사람'이 있구나. 그때까지도 끝나지 않은 K-방역과 백신 접종, 자가 격리자 관리, 일선 지역 공무원들은 코로나 19가 빚어놓은 정책 현장에서 국민 욕받이가 되어가며 영혼까지 탈탈 털리는 중이었다. 그나마 나는 관리자급이라고 실무와는 거리를 두고 있었지만 그래서 더 많이 보였을지도 모른다. 그때 생각했다. 보인 만큼 쓰고 알리는 일을 하면 어떨까? 우리 같은 지방공무원들이 얼마나 힘겹게 버텨 가는지, 우리가 소모하는 감정 온도를 전해 주는 일, 그래서 주민들에게 조금이나마 이해를 구하는 일이 필요하다면 그 일을 내가 좀 하면 좋겠다는 생각 말이다. 그래야 모든 의욕이 바닥에 쫙 깔릴 때쯤 전혀 예상하지 못한 상황에서, 전혀 예상하지 못한 사람들로부터 위로를 받는 일이 생긴다. 그 위로가 공무원에게 닿으면 우리는 그걸 '보람'이라고 부르면서 살지 않을까.

그것은 어설픈
시작에 불과했다

어쩌다 돼 버린 공무원

1990년 10월, 지방 소도시 9급 공채로 들어왔다. 처음 발령 상태는 '수습 공무원'. 나중에 알았지만 수습은 공무원 경력에 포함되지 않는다. 호봉은 인정되지만 공무원연금법 적용은 제외라 연금 경력에서 6개월은 항상 빠진다. 급여에는 반영되어 다행이지만 제대로 따진다면 정식 임용은 그다음 해 4월인 셈이다. 원래 공무원 수가 결원이면 굳이 수습 발령을 내지 않아도 되는데 대선배님들의 경험 부족이었다. 옆동네 시험 동기는 첫 시작이 정식 공무원으로 인정되는 '시보'였다. 그 6개월의 차이가 나중에 5년으로 벌어졌고 공무원 재직 내내 불이익으로 남았다. 같은 수습 출신들이 모여 그때 이야기를 하면 그 억울함에 아직도 입에 거품을 무는 동기가 있을 정도다.

　88 서울 올림픽이 끝난 대한민국은 그야말로 팽창의 시기
였다. 내가 속한 지역이 1989년 1월 1일자로 두 개의 기초자
치단체로 나뉘었다. 그리고 다시 1995년 1월 1일자로 하나
로 통합됐다. 2025년 지금 한국은 수도권을 제외하고 나머
지 소규모 지방자치단체는 심각한 인구감소를 겪고 있다. 인
구 위기의 대책으로 인접한 시 · 군의 통합이라는데 행정구
역을 그렇게 자주 쪼개고 합치는 나라도 드물지 않을까 싶
다. 1997년 IMF라는 위기가 닥치기 전까지 고용과 성장이 눈
앞에서 펼쳐졌다. 민주화에 대한 목소리가 커지면서 지방자
치시대를 예고했고 1961년, 5 · 16 군사정변으로 중단되었던
지방자치제도는 많은 우여곡절을 겪으면서 1991년에 부활했
다. 그해 3월 기초의회 의원 선거가 치러졌다. 별도의 자치단
체로 승격되면서 많은 인력이 필요했고 두 개로 쪼개진 지역
에서 공무원을 마구 뽑기 시작했다. 나는 주소가 동 지역이
라 시에서 뽑는 임용시험을 봤다. 정확히 말하면 순전한 엄
마의 계획이었다.

스물셋, 대학교 4학년 여름방학이 시작될 무렵이었다. 그때만 해도 대학 졸업장만 있으면 어디든 취직이 가능했다. 남학생들은 주로 기업체, 공사, 임용시험을 준비했고 여학생들은 졸업 후 조신하게 있다가 결혼하겠다는 애들이 많았다. 학과 공부를 열심히 한 친구는 대학원이나 유학을 준비하기도 했다. 나는 아무런 계획이 없었다. 전공도 그럭저럭 관심만 있을 뿐이고 대기업은 자신이 없었다. 소심한 데다 이쁘지도 않았다. 인문대 특성상 외모가 출중한 애들이 많아 항공사 승무원으로 가기도 했지만 빅 피처가 없는 나와 친구들은 대부분 공단 쪽을 선택했다. 연금관리공단, 의료보험관리공단 같은 기관이 막 생기기 시작했던 시기였다. 기출문제집을 사서 나름 열심히 공부하고 있는데 빨리 집으로 오라는 연락을 받았다. 급한 일이 생겼나 하고 대충 문제집만 챙기고 집으로 내려갔다. 아직 중학생인 막내가 해맑은 얼굴로 반기는 사이 엄마는 내 사진이 붙은 응시원서를 눈앞에서 흔들었다. 시험까지 2주가 남아 있었다. 당연히 안 보겠다고 길길이 날뛰었다. 시험 과목도 다르고 공무원이 뭐 하는 건지 알지도 못했다. "여자도 평생 직업이 있어야 해. 그래야 무시당하지 않아." 엄마는 내 말은 들리지도 않는 듯 무심히 한마디만 던졌다. 하는 수 없이 며칠을 남겨두고 시험장으로 향했다. 어차피 내가 보려 했던 공단도 어떤 일을 하는지조차 모르고 있었으니 비슷할 거라고 생각했다. 그만큼 정보나 축적된 지식이 부족했다. 가끔 나와 비슷한 연배의 공단 근무자를 만나면 '그때 시험 봐서 들어갔으면 나도 저쯤 되겠구나' 하는 생각을 한다. 그렇게 사람은 늘 '가보지 않은 길'에 대한 호기심으로 살아가는 것은 아닐까.

반지의
공무원

천운이었다. 다행히 과목 몇 개는 공부한 것과 겹치기도 했고 추가된 '전산학 개론'은 처음 시도되는 만큼 문제가 쉬웠다. 필기를 통과하고 면접시험을 기다리는 동안 모교로 교생실습을 나갔다. 교육학을 부전공으로 선택해서 실습을 의무적으로 하게 되어 있었다. 4주 기간 중 면접시험이 있어 하루는 결근해야 했다. 면접 날이 점점 다가왔지만 '호랑이'로 소문난 교감선생님한테 말할 엄두가 나지 않았다. 깡 마른 체구에 항상 뭐가 그렇게 못마땅한지 세상 걱정을 짊어진 얼굴이었다. 이 근방에서 가장 깐깐하기로 유명한 분이셨다. 미루고 미루다 면접 전날, 간신히 용기 내어 교감선생님께 말씀을 드렸다. 요즘 같으면 축하한다거나 어서 다녀오라는 말을 들었을 것이다. 하지만 그날 나는 내 귀를 의심하지 않을 수 없었다. 교감선생님은 나를 쳐다보지도 않고 교감 수첩에 내 이름을 적으며 '그까짓 공무원 시험'이라고 들릴 듯 말 듯 혼잣말을 했다. 대놓고 무시를 당했지만 부끄러운 것은 사실이었다. 그때만 해도 공무원은 고등학교 졸업자가 대부분이었다. 벌게진 얼굴을 하고 자리로 돌아가는데 흘끔거리는 선생님들의 시선이 느껴졌다.

다음 날 아침 일찍 면접장을 가기 위해 채비를 하고 있는데 엄마가 큰일이라며 방으로 들어왔다. 면접 장소가 가까운 시청이 아니라 도청이라는 거다. 자가용이 귀할 때였다. 고속버스를 타도 3시간이 걸렸다. 부랴부랴 터미널로 달려갔다. 첫 차를 타면 시간 안에 들어갈 수도 있다. 하지만 6시 30분 첫차는 벌써 출발한 지 오래였고, 그다음 차는 8시였다. 면접장까지 10시에 도착해야 했다. 원하는 시험은 아니었지만 이렇게 황당하게 끝나다니 어이가 없었다. 매표 직원과 한참 실랑이를 벌이던 엄마가 내 손을 잡아끌고 택시 승강장으로 갔다. 매표직원이 그렇게 급하면 택시를 대절하라

융통성 좀 없다고 그만둘 순 없잖아

고 알려 줬다. 승강장에 두서너 대 정도 있었고 기사들은 차에 몸을 기댄 채 담배를 피우고 있었다. 엄마는 뿌연 담배 연기를 손바닥으로 헤쳐가며 기사들에게 사정 이야기를 했다. 갈 수는 있었지만 돈이 문제였다. 엄마와 내가 가진 돈을 합쳐봐야 고작 왕복 버스요금 정도였다. 가격 절충이 안 되자 엄마의 얼굴이 점점 사색이 되어갔다. 그때 택시 한 대가 들어왔다. 손님이 내리고 있었다. 엄마는 재빨리 방금 도착한 택시로 달려갔다. 그리고 기사 쪽 창문에 대고 뭐라고 말하더니 나보고 타라는 손짓을 했다. 나는 얼른 택시로 가서 뒷문을 열고 앉았다. 엄마도 뒤따라 들어왔다. 내가 오로지 기억하는 건 택시가 엄청 빠르게 달렸다는 것. 조바심에 주위 풍경이고 뭐고 볼 여유가 없었다. 엄마도 나도 말없이 그저 앞만 보았다. 다행히 면접장에 30분 전에 도착했다. 화장실에서 검정 재킷과 치마로 갈아입고 구두도 바꿔 신었다. 엄마는 면접장 밖에서 기다렸고 나는 대회의실이라고 이름이 붙은 곳으로 갔다. 나는 엄마가 택시비를 잘 절충했으리라 생각했다. 마음씨 좋은 기사 아저씨를 만나 아주 싼값에 도청까지 다녀온 줄 알았으니까. 엄마도 그 이후 이야기가 없어서 까맣게 잊고 있었다. 얼마 전 가족들끼리 밥을 먹다가 반지 얘기가 나왔다. 이제 팔십을 바라보는 엄마가 쪼글쪼글한 손등을 문지르며 반지를 끼어도 태가 나지 않는다고 했다. 그러니까 반지라도 끼워야 노화를 감추는 거 아니냐며 딸들이 성화를 부렸다. 엄마는 나를 한번 흘낏 쳐다보더니 이렇게 말했다. "너 면접날 택시 기사한테 돈 대신 손가락에 있던 반지를 빼줬지. 금이니까 받아 주더라. 한참 지나서 돈을 구해 반지를 찾아오긴 했는데 없는 게 습관이 되니까 편하고 좋더라." 세상에나, 반지를 맡겼었다고. 나는 까맣게 몰랐다. 그 반지 덕에 나는 35년째 철밥통이라는 공무원을 하고 있는데 말이다. 반지는 약속의 상징이다. 결혼식에 신랑과 신부의 예물로 반지를 하는 이유도 부부로서의 약속을 잘지키겠다는 의미가 아닌가. 만약 그때 반지가 아니라 목걸이나 귀걸이였다면 나는 그만두었을까? 갑자기 궁금해졌다.

융통성 좀 없다고 그만둘 순 없잖아

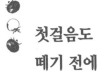

첫걸음도
떼기 전에

　면접을 담당하는 직원이 문 앞에서 남자와 여자를 구분해
서 줄을 세웠다. 여자는 나를 포함해 달랑 다섯이었지만 남
자는 꽤 길었다. 그때까지 여성은 10%만 뽑았다. 엄마의 반
지 덕에 면접장까지 왔지만 어떻게 해야 할지 몰랐다. 교생
실습 중이라 준비도 제대로 못 했고 지금처럼 정보를 쉽게
구할 수도 없었다. 가빠지는 호흡을 가다듬느라 괜히 천정을
봤다가 어슬렁거리는 사람들을 쳐다봤다. 그사이 내 앞에 있
던 여자가 들어갔다. 들어간 지 15분이나 지났을까? 문을 열
고 나오는 그녀의 얼굴이 새빨갛다. 자세히 보니 눈가에 눈
물까지 맺혔다. 무슨 일이 있었는지 무서웠다. 가슴이 콩닥
콩닥 뛰었다.

다음은 남자가 들어갔다. 그런데 면접을 마치고 나오는 남자는 표정에 변화가 없다. 머릿속이 복잡해지고 가슴이 뛰는데 진정할 사이도 없이 내 이름이 불렸다. 천천히 안으로 들어갔다. 면접관 세 명이 일렬로 앉아 있었다. 내가 들어가자 가장 왼쪽에 앉은 분이 턱을 들어 의자를 가리켰다. 그 사이 두 사람은 고개를 들고 나를 보더니 상체를 뒤로 젖혀 의자에 비딱하게 기댔다. 뭔가 만만한 상대를 만났다는 느낌? 대부분 나이가 지긋해 보였다. 지금의 내 나이쯤으로 보였다. 처음 질문은 이름, 고향을 물었다. 그리고 본격적인 질문이 들어왔다. 가운데 풍채 좋은 면접관이 물었다. "삼종지도(三從之道)가 뭔지 말해 보세요." 순간 내가 잘못 들었나 했다. 대개 면접으로 예상한 문제는 내가 근무할 지역의 비전, 상징물, 주요관광지 따위였다. 그런데 너무나 생뚱맞은 질문이었다. 고등학교 한자 시간에 잠깐 훑은 정도였다. 이미 고등학교 때도 별로 중요하다고 생각하지 않았다. 그런데 그런 시덥지 않은 유교 윤리가 내 일생일대를 결정하는 면접시험 문제라니. 우스웠지만 시험을 위해 최대한 공손하게 답변해야 했다. 어려서는 아버지를 따르고, 결혼해서는 남편을, 늙으면 아들의

융통성 좀 없다고 그만둘 순 없잖아

뜻을 따르는 것이 '여인의 도리'라고 침을 튀기며 설명해 주던 노(老)선생님의 얼굴이 떠올랐다. 수업이 끝나고 친구들과 이 한심한 이야기를 요즘에도 배워야 하냐고 그렇게 비웃었는데 오히려 고마워해야 할 일이 벌어진 것이다. 나는 천천히 또박 또박 말했지만 아랫배에 가스가 찼는지 거북했다. 내 답변이 만족스러웠는지 면접관은 미소를 지으며 다음 질문을 했다. "에헴 그럼 칠거지악(七去之惡)도 설명해 봐요." 허걱, 이건 또 뭐야? 삼종지도까지는 애교로 봐 줄 수 있는데 칠거지악이라니. '하느님, 저를 제발 시험에 들지 말게 하옵시고.' 독실한 기독교 신자였던 친구가 자주 하던 말이었다. 그런데 하느님도 아닌 그들이 나의 인내력을 시험하고 있다. '아내를 내쫓는 일곱 가지 이유'라. 머릿속이 복잡했다. 여기서 답변을 못하면 불합격일지도 모른다는 불안감에 초조해졌다. 앞에 있는 면접관이 서로 얼굴을 보며 비열하게 웃고 있었다. 최대한 마음을 가라앉히고 뭔가 떠올리려고 안간힘을 쓰는데 갑자기 TV 사극 한 장면이 떠올랐다. 아이를 낳지 못해 시댁에서 보따리를 안고 대감댁을 나서는 어여쁜 며느님. "아이를 낳지 못하는 거요." 간신히 기어 들어가는 목소리로 대답했다. 나에게 질문을 던진 가운데 면접관이 험~하고 헛기침을 했다. 그러고는 다른 답변을 못 하는 나를 비꼬는 듯한 눈으로 쳐다보았다. 천천히 몸을 들더니 육중한 등짝을 의자 등받이에 다시 붙이는데 자세가 삐딱해져 있었다. "정확히 말해야지, 아이가 아니라 아들이야. 그리고 그런 것도 제대로 모르고 어떻게 공무원이 되겠어. 흠." 이젠 반말까지 섞인 훈계였다. 옆에 앉은 두 면접관까지 합세하며 '요즘 젊은 애들은 이런 것도 몰라'라고 했다. 질문도 그렇고 내용이 기억나지 않아 짜증이 났지만 그렇다고 면접장을 박차고 나갈 용기도 없었다. 그저 고개를 숙이고 납작하게 수그렸다.

지금도 나는 칠거지악이 뭔지 모른다. 알고 싶지도 않다. 다행히 나는 합격했다. 아마 내 앞에 있던 분은 하나도 얘기를 못 한 것인지, 대답할 가치가 없어서 안 한 것인지는 모르지만 여성 할당 한 명은 내 차지가 됐다. 바야흐로 1990년, 이런 이야기가 통한다는 게 신기할 뿐이었다. 더 놀라운 것은 나만 겪지 않았다는 것. 내 또래 여성 공무원들에게 흔한 일이었다. 지역도 다르고 사람도 달랐는데 면접 질문은 같았

융통성 좀 없다고 그만둘 순 없잖아

다. 와이프를 뽑는 것도 아니고 나랏일 하는 공무원을 뽑는 자리에서 물어볼 말이 그것밖에 없었을까? 당시에는 이해가 되지 않았지만 되짚어보면 그럴 수밖에 없었다. 여성 공무원 채용이 드물었고 여성과 남성의 역할을 확실하게 구분 짓던 시대였다. 그들에게는 최선이었을 거였다.

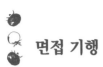

면접 기행

예전 생각이 나서 신규 임용된 지 3개월 된 직원에게 면접 질문이 무엇이었는지 조심스럽게 물었다. 대강 이런 내용이었다. "바로 직근 상사로부터 부당한 업무지시를 받았다면 어떻게 하겠는가?" 질문을 듣고 그는 아주 잠깐 고민을 했다. 당연히 거부하겠다는 답변이 정석이지만 지시한 사람이 밀접한 관계에 있는 상사라면 그렇게 간단한 문제가 아니라는 생각이 들었다고 했다. 그래서 그는 상사에게 충분히 자기 의견을 말하고 정중하게 거부하겠노라고 답했다고 했다. 놀라웠다. 그 긴장되는 순간에 그런 멘트를 끄집어 낼 수 있다니 사고의 깊이가 존경스러울 지경이었다. 요즘은 면접관도 피면접자도 수준이 다르다는 생각이 들었다.

융통성 좀 없다고 그만둘 순 없잖아

"자기소개는 30초 안에, 인생 목표는 세 문장으로 요약해 주세요." 요즘 면접의 핵심은 '압축'이다. 길게 말하면 군더더기, 짧게 말하면 성의 없음이라고 한다. 적당한 온도와 수분을 유지한 '정제된 인간'을 뽑고 싶어 하는 시대다. 과거 면접이 형식적인 질의응답이었다면, 요즘은 연극 무대에 가까워졌다. 롤플레이 면접에서 "팀원이 마감 전날 연락 없이 사라졌습니다. 팀장에게 어떻게 보고하시겠습니까?"라는 시나리오를 마주하면, 응시자는 눈앞이 캄캄해진다. 누가 봐도 억울한 상황인데도 침착하게 "상황을 정리한 후 객관적인 자료를 기반으로 보고하겠습니다."라는 모범 답안을 준비해야 한다. 속으로는 "팀장님, 팀원이 나오지 않았어요!"를 외치고 싶겠지만 상당히 머리를 굴려야 한다. 한술 더 떠, 최근엔 AI 면접도 유행이다. 모니터 앞에서 표정과 음성을 감지하며 면접을 본다. 인공지능은 나의 눈 깜빡임, 말의 속도, 미소의 정도까지 기록한다. 실제로 어떤 응시자는 "미소가 부족합니다."라는 평가를 받고 탈락했다. 기계 앞에서 웃지 않았다고 인성에 문제가 있다는 판정을 받은 것이다. 이쯤 되면 면접이 아니라 예능 프로그램 오디션 같다. 면접 질문의 결도 달라졌다. '정답'을 말하는 자리를 넘어, '사람'을 보는 시간으로 진화하고 있다. 태도, 사고방식, 위기 대처 능력, 유머 감각까지. 기업이나 관공서나 찾는 건 꽉 찬 스펙이 아니라 말의 온도를 조절할 줄 아는 유연한 사람인지도 모른다. 요즘 공무원 임용시험은 1차 필기도 어렵지만 2차 관문인 면접도 만만하지 않은 것 같다. 그렇게 보면 나는 좀 황당한 질문이었지만 얼마나 운이 좋았는지 모르겠다.

주민등록 떼는데
천 명이나 있어야 해요?

첫 발령은 민원실이었다. 신규 공무원에게 민원 업무를 맡기는 것은 거의 정석이다. 다른 업무에 비해 비교적 단순한 것도 있지만 상당히 깊은 뜻도 있다. 민원 업무는 주로 주민등록등·초본과 가족관계증명서 발급이다.(경우에 따라 상당히 복잡한 서류처리도 한다) 지역 주민들의 삶과 죽음, 전입과 전출, 혼인과 이혼 등 생활과 직접적으로 연결된 관계를 다룬다. 어디에 누구와 사는지 시스템으로 관리하고 축적된 데이터는 국가로부터 안전한 삶을 보장받을 대상을 조사하고 찾아가는 복지 서비스의 기초자료가 된다. 그러니 주민등록을 통해 지역에서 공직자가 보살펴야 할 주민의 범위가 정해지고 이들의 삶을 살피는 기본 틀이 만들어진다. 단순 반복이라 난이도가 낮다고 생각하기 쉽지만 그렇지 않다. 꽤 까다로운 민원 관리도 상당하다. 그럼에도 많은 사람들이 공무원의 업무가 주민등록이나 가족관계에 매달려 있다고 생각하고 있다.

　십여 년 전쯤 엘리베이터에서 이웃을 만났다. 이웃은 내가 공무원임을 알고 있었다. 목례를 나눴지만 어색했는지 난데없이 우리 시 공무원이 몇 명이냐고 물었다. 천여 명 정도라고 하자 그가 눈을 크게 뜨며 "주민등록을 떼는데 그렇게 많이 필요해요?"라고 되물었던 게 기억난다. 그분의 놀라움에 나도 덩달아 놀랐다. 그만큼 공무원의 대명사가 바로 민원 창구다. 지금은 아무도 그 많은 공무원들이 주민등록등본만 발급한다고 하지 않는다. 그만큼 공무원이 담당하는 업무가 과거보다 많아졌다. 중앙으로부터 이양받는 위임사무도 상당하고 본격적인 민선시대가 되면서 지역 주민을 살피는 정책사업들이 기하급수적으로 늘어났다. 과거에 비해 복잡하고 어려워지면서 해결 또한 난제인 일들이 부지기수다. 그럼에도 민원인에게 가장 많이 듣는 말은 "융통성이 그렇게 없고서야"라는 말이다. 그리고 그런 융통성을 가장 펼칠 수 없

융통성 좀 없다고 그만둘 순 없잖아

는 업무가 바로 민원 업무다. 대부분 민원서류는 본인 발급이 원칙이고 대리의 경우 절차가 까다롭다. 오죽하면 사망을 증명할 서류를 떼러 왔는데, 긴장한 공무원이 사망자 본인이 와야 한다고 해서 한참 동안 우스운 농담으로 회자되기도 했다. 그만큼 공무원이 다루는 문서는 개인정보가 많아 높은 책임감과 윤리의식이 필요하다.

그럼에도 이런저런 사정을 하소연하며 곤란한 요청을 하는 경우도 많기에 거절에도 묘미가 필요하고, 오래 기다리지 못하는 대한민국 사람들의 빨리빨리 습성을 이해하고 대처해야 한다. 본인만 잘한다고 되는 것이 아니라 항상 사람과 접촉, 관계 맺음이 필요한 분야임을 알아야 한다. 이 부분을 놓치고 혼자만 열심히 하면 될 거라고 속단하면 앞으로 남은 공직 기간이 길게 느껴질 것이다. 물론 민원 업무의 단계를 잘 넘으면 그다음은 적응력이 생기면서 좀 더 수월해진다. 사람에 따라 다르겠지만 그동안 스쳐간 수많은 선배와 동료를 보면 이렇게 기초 단계부터 차근차근 밟아간 사람들이 끝까지 잘 버티고 정년까지 갔다. 정년 퇴직이 좋다는 것은 아니지만 연차가 쌓일수록 업무의 난이도가 높아지는데 다양한 경험만큼 나 자신에게 힘이 되는 게 없다는 걸 말해 주고 싶다.

용통성 좀 없다고 그만둘 순 없잖아

그만두고 싶었는데

그렇게 따진다면 애초부터 나는 공무원과 맞지 않았다. 신규 충원이 많을 때라 주변에 동기와 1년 차 선배들이 많았다. 나이는 들쭉날쭉했다. 서너 살이 어린가 하면 서너 살이 많았다. 어린 사람은 고등학교를 막 졸업하고 들어온 거고 많은 이들은 대학에 군복무까지 마치고 임용됐다. 나이야 어쨌든 같은 직장인이라는 사실은 공통의 관심사로 뭉칠 수 있었다. 일과가 끝나면 우르르 호프집으로 몰려가거나 탁구를 치러 갔다. 친밀감과 유대감이라는 대전제가 있었지만 내실은 누구와 사귈 것인가를 기대하는 자리였다. 거의 미혼이었고 결혼 적령기였다. 처음 몇 번은 술자리도 따라다니고 탁구도 했다. 너무 재미없었다. 술도 못 마시고 운동신경은 거의 바닥이었으니 어울릴 틈이 없었다.

어느 날부터인가 한데 뭉쳐진 그룹 중 누군가가 은근히 나를 무시하는 듯했다. 여직원의 경우 대부분 고등학교를 졸업하고 들어왔다. 시골 동네 학교라야 한두 개뿐, 대부분 내 후배들이었다. 이들은 나보다 서너 살 어렸지만 공직은 선배였다. 하나 같이 공직생활에 너무 훌륭하게 적응하고 있었다. 연한 배처럼 살가운 웃음에 무릎까지 똑떨어지는 치마 정장을 산뜻하게 차려입고 출근했다. 기름을 듬뿍 칠한 김처럼 윤기 나는 까만 머리를 차분하게 내려뜨리고 모닝커피를 날랐다. 몇 년 전에 상영되었던 〈삼진그룹 영어토익반〉의 모닝커피 씬이 결코 낯설지 않았던 것이 우리도 그랬기 때문이다. 그렇게 만든 커피는 과장, 팀장님 탁자 위로 날라졌다. 그들의 넥타이와 혈색을 살피는 날랜 눈빛과 해사한 웃음이 깃든 미소가 사무실을 가득 채우고 있을 때 나는 허겁지겁 사무실로 들어왔다. 화장기 없는 노란 얼굴에 주근깨가 도드라진 채 고개를 숙인 채 고개만 끄덕였다. 나를 보는 그들의 시선이 싸늘했다. 자신이 없었다. 항상 굼뜨고 말귀를 못 알아

용통성 좀 없다고 그만둘 순 없잖아

들었다. 어느 날부터는 아예 대놓고 무시했다. 사사건건 트집이 잡혔다. 그럴 때마다 "주사님은 대학이나 나왔으면서 그것도 몰라요?"라는 말을 들었다. 대학을 나온 것이 큰 잘못이라도 되는 것처럼 실수를 할 때마다 가끔 비웃음의 수위가 한도를 넘었다. 마치 대학이 사회생활에 필요한 장비 사용이나 서류 정리를 배우는 곳으로 이해하는 듯했다. 지금처럼 공무원에 대한 인기가 없었고 시험도 그다지 어렵지 않았다. 그러니 대학까지 나와 지방공무원을 하는 내가 얼마나 한심해 보였을까. 그 후 대학 출신이라는 것을 밝히지 못했다.

하루하루 출근이 지겨웠다. 날쌘 꽁치처럼 싱싱한 어린 후배가 선배랍시고 대놓고 무시하는 것도 싫었지만 외모나 커피 배달로 비교되는 게 싫었다. 나의 부적응은 그대로 엄마에게 전해졌다. 퇴근하면 죄 없는 엄마한테 짜증을 냈다. 엄마 때문에 다니기 싫은 직장에 가야 한다며 매일 울다시피 했다. 그것도 나보다 어린 후배들, 그렇게 싫으면 맞짱을 뜨거나 그만두면 될 텐데 해결방법도 찾지 못했다. 그저 오늘은 뭐 때문에 그랬고 어제는 뭐 때문에 그랬다고 끊임없이

이런저런 이유를 끌어들여 엄마를 난감하게 만들었다. 그만
둘 용기도 없으면서 푸념만 늘었다. 엄마는 나에게서 나오는
모든 것을 품어 주었다. 마치 그만두지만 않는다면 그 정도
는 얼마든지 괜찮다는 태도였다. 내가 하고 싶은 일 또는 좋
아하는 게 무엇인지는 중요하지 않았다. 정년이 보장된 직
장, 이것은 엄마의 꿈이었다. 그렇게 서너 달이 지난 어느 날
엄마는 나를 옷가게로 데려가 비싼 값을 주고 투피스 두 벌
을 샀다. 딸이 직장에서 무시당하는 이유가 옷차림 때문이라
고 생각한 건지도 모른다. 아니면 결혼 적령기인 내가 연애
라도 하려면 옷이라도 있어야 한다고 판단했는지도. 자세한
건 잘 모르겠지만 어쨌든 2년 뒤 나는 결혼을 했다. 그렇게
한 고비 두 고비를 넘기다 보니 어느새 35년을 훌쩍 넘기고
있었다.

융통성 좀 없다고 그만둘 순 없잖아

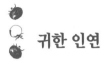

귀한 인연

  시군이 통합되고 바뀐 청사에서의 첫 부서가 복지과였다. 원래 사회복지직이 전담하는데 인력이 많이 부족했다. 부족한 인력은 일반 행정으로 채웠고 나는 노인복지를 담당했다. 그러다 새로운 팀장이 오고 업무를 조정하게 되었다. 새로운 팀장은 청 내에서 가장 합리적인 분으로 소문나 있었다. 나는 대하기가 어려웠다. 말수는 적은 데다 너무 깔끔했다. 사무실 청소에 뭐 그렇게까지 신경을 쓰나 할 정도로 일주일에 한 번씩 꼬박 대청소를 고집했다. 하루는 직원들이 툴툴거리는 소리를 들었는지 그 이유를 차분히 설명했다. '하루 8시간 이상 같은 공간에서 서로 다른 면역력을 가진 사람들이 갇혀 있다. 건강한 사람도 있고 그렇지 않은 사람들도 있으니 청

결한 근무환경은 우리 모두에게 중요하다.'라고. 그 후 청소에 토를 다는 사람은 없었다.

공무원 사무분장에는 정해진 룰이 있다. 기관에 따라 다르기도 하지만 부서의 예산운용이나 총괄하는 서무 업무는 7급 고참들이 주로 한다. 연차가 있어 경험도 충분하고 관리자급과 저연차 사이 소통 매개자 역할을 담당했다. 우리 부서에도 당연히 7급 고참들이 수두룩했다. 나는 근무 경력은 꽤 되었지만 8급을 벗어나지 못한 상태였다. 새로운 팀장은 우리 팀 직원을 쭉 불러놓고 사무분장 회의를 진행했다. 이미 총괄서무가 있었고 직급별로 업무난이도가 분류된 상태였다. 새로운 직원은 빈 자리로 배치되면 그만이었는데 팀장이 의견을 제시했다. 8급이지만 공직 경력이 있는 나에게 총괄 서무를 맡겼으면 좋겠다고 했다. 그때만 해도 부서 예산관리나 총괄은 남성 직원들의 전유물이었다. 중요하기도 했고 부서장이 대부분 남자라 의전이나 여러 가지 개인적인 잔심부름을 부탁하기가 쉬웠다. 그렇게 공적으로 사적으로 친밀감이 쌓이면 평가도 잘 받고 승진에도 유리했다. 관행이었다. 그

융통성 좀 없다고 그만둘 순 없잖아

런 마당에 여자는 끼어들 수 없었다. 팀장은 마뜩잖은 7급 고참들에게 이런 이야기를 했다. '앞으로 복지 분야는 업무가 상당히 커진다. 저출산 고령화는 사회문제가 될 것이고 여성 공무원도 급격이 늘어날 텐데 업무를 배우지 않으면 관리자로서 어려움을 겪게 된다. 지금부터 일을 배울 수 있도록 기회를 주어야 한다. 다행히 직급이 다르니 여러분이 이해해 주면 좋겠다.' 지금은 당연히 이 말을 쉽게 이해할 수 있지만 당시 직원들은 노골적으로 불만을 표출할 만큼 속상해했다. 팀장님은 고집을 꺾지 않고 과장님까지 설득했다. 저출산? 지금 인구가 너무 많아 걱정인데 무슨 생뚱맞은 소리야. 고령화? 늙는 게 무슨 사회문제가 된다고? 중요 업무를 받아야 할 당사자인 나도 좀처럼 이해되지 않는 말이었다. 그래도 왠지 책도 많이 읽고 워낙 아는 것도 많은 분이니 헛소리는 아니겠지 싶었다. 팀장님의 의견대로 나는 우리 시 최초 여성으로서 서무를 하게 됐다.

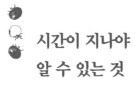

시간이 지나야
알 수 있는 것

솔직히 힘들었다. 한 번도 해 보지 않은 업무 덕분에 한동안 잠잠했던 사직에 대한 고민이 다시 들춰졌다. 모르는 게 너무 많은 데다 해야 할 일은 왜 그렇게 쌓이는지. 특히 예산 결산은 쉽게 이해되지 않았다. 복지파트 예산은 대부분 국가보조금이고 지방비를 비율대로 부담했다. 정산을 하려면 비율대로 맞춰야 하는데 실제 예산을 세울 때 지방비를 더 많이 세우기 때문에 늘 혼란스러웠다. 전산시스템이 없었기에 순전히 계산기를 두들겨 대며 수기로 계산했다. 가계부와 비슷한 A4사이즈 두툼한 양장본 노트에 'ㅇㅇㅇ출납부' 등 장부를 기록했다. 한 권도 아니고 회계별로 용도별로 따로 있었다. 하지만 아무리 꼼꼼히 작성해도 늘 구멍이 생겼다. 원인을 찾으려고 담당자를 붙잡고 물어보지만 담당자도 제대로 알지 못했다. 하는 수 없이 다른 부서에 가서 총괄 회계를 만나 도움을 요청하거나 예산팀 차석을 찾아가 물었다.

처음에는 친절했지만 찾아가는 횟수가 많아지면서 그의 인내심도 바닥났는지 어느 날 결산에 오류가 생겨 한참 해명하고 나오는데 내 뒤통수에 대고 큰 소리로 말했다. "이래서 여자는 안 되는 거야. 나 같으면 발로 해도 저보다는 낫겠다." 그 말에 동조하는 웃음소리까지 요란하게 퍼졌지만 감히 뒤돌아보지 못했다. 돌아본들 무엇하겠는가? 지금 같으면 성차별이니 양성평등에 어긋나는 발언이라고 당당하게 말하겠지만 여성은 그저 사무실의 꽃이라는 의식만 있을 때였다. 오히려 그때 내가 문제 삼은 것은 '이렇게 어려운 업무를 왜 나한테 시켰을까'였다. 팀장이 나를 교묘하게 괴롭히려고 그랬는지도 모른다고 퇴근하면 남편을 붙들고 하소연했다. 야근과 휴일 근무까지 동원하며 1년을 보냈다. 버벅대던 횟수도 줄어들었고 할 만했다. 그리고 무엇보다 업무의 깊이가 더해졌다. 예산편성부터 집행, 그리고 결산까지 일련의 프로세스를 이해하니 모든 회계 구조를 볼 수 있는 안목이 생겼다.

나는 가끔 나의 공직생활에 가장 영향을 미친 사람을 꼽는다면 단연코 그분을 떠올린다. 이미 25년도 훨씬 전에 팀장님은 어떻게 우리나라의 미래를 예측할 수 있었을까? 그때만 해도 '저출산 고령화'는 우리와 상관없는 줄 알았다. 주요 업무보고에 그 내용을 담아야 한다고 아무리 팀장이 설명해도 잘 알아듣지 못했다. 알아듣지 못한 것은 우리만이 아니었다. 팀장의 주장대로 신규시책에 저출산 고령화와 관련한 아이디어를 넣었지만 과장, 국장들은 뜬구름 잡는 얘기라고 번번이 시책보고에서 제외시켰다. 당장 눈앞에 있는 현안 업무, 도로 포장이나 뭔가를 짓는 일들, 시민에게 당장 보여 줄 수 있는 시책에만 관심을 쏟았다. 팀장님은 개인적 역량은 뛰어났지만 이를 알아주는 이는 적었다. 남들보다 승진이 늦었지만 한 번도 푸념하는 말을 듣지 못했다. 얼마 후 각자 다른 부서로 발령되어 한동안 만나지 못했다. 늘 잘 되시기만을 바랐는데 조직에서 인정받기까지 참 오래 걸렸다. 오

융통성 좀 없다고 그만둘 순 없잖아

십 대 중후반에 5급 승진을 했고 퇴직 6개월을 남기고 4급까지 올랐다. 늘 가슴 한켠에 고마움이 있었지만 퇴임 후 찾아뵙지도 못했다. 서로 볼 수 없는 공백이 길어지자 멋쩍기도 했다. 그럼에도 내가 5급 승진이 되었을 때 직접 축하 전화를 주셔서 죄송한 마음에 눈물이 날 것 같았다. 그분은 모를 것이다. 그때의 모험과 같은 사무분장이 한 사람의 인생에 얼마나 많은 영향을 미쳤는지. 그의 과감한 결정이 아니었다면 나는 그저 불만투성이, 일머리도 모르는 무지랭이로 남아 있을 수도 있었다. 어쩌면 중간에 그만두었을지도 모른다.

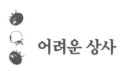

어려운 상사

사람들은 그를 두고 '조직을 위해 태어난 사람'이라고 했다. 밥을 먹을 때나 길을 걸을 때나 무슨 생각을 골똘히 하는지 늘 심각했다. 꺼내는 말이 모두 일과 관련된 대화였다. 지금으로 보면 완벽한 워커홀릭이었다. 그래서일까? 그는 9급 공채임에도 이미 40대 초반에 5급 승진을 했다. 업무 경험도 풍부하고 워낙 지적 욕구가 강한 사람이라 야간 대학도 다니고 중요한 자리만 거쳤다. 그런 실력자가 리더인 부서에 발령을 받았다. 나는 걱정됐다. 그는 크고 네모난 얼굴에 굵은 입술은 늘 굳게 닫혀 있었다. 말을 하지 않으면 조금 성난 사람처럼 보이기도 했다. 그런데 일단 말을 시작하면 하던 일을 멈추고 귀를 쫑긋거리게 할 만큼 엄청난 달변이었다. 출

융통성 좀 없다고 그만둘 순 없잖아

근한 지 일주일쯤 되었을 때 조금 일찍 사무실에 도착했다. 그가 이미 와 있었다. 책도 읽고 커피도 한잔하면서 모처럼 편안하게 마음의 준비를 하려는데 괜히 눈치가 보였다. 지금은 커피메이커가 사무실에 하나씩 있지만 그때는 믹스커피와 티백용 녹차만 있었다. 나는 커피 한 봉을 뜯어 종이컵에 담고 정수기에서 뜨거운 물을 받아 스푼으로 정성스럽게 저은 다음 쟁반에 담아 과장님께 가져갔다. 과장님은 심각한 표정으로 서류를 살피고 있었다. 나는 방해가 되지 않게 작은 목소리로 커피 드시라고 하고 컵을 책상 한 귀퉁이에 내려놨다. 그리고 돌아설 찰나. 그분이 "흐흠" 하며 헛기침을 했다. 그리고는 "앞으로 이런 거 가져오지 마세요. 먹고 싶으면 제가 타 먹습니다." 하는 것이다. 창피한 마음에 "네" 하고 돌아서는데 이미 사무실로 들어오기 시작한 팀장님들, 직원들이 이 모습을 보고 피식 웃는 게 보였다. 진작에 좀 알려주지. 사실 그런 일은 아주 하찮은 편이고 더 어려웠던 것은 결재였다. 중요한 계획서가 과장 결재에서 멈추는 일이 많았다. 그는 기획서를 받으면 일단 담당자를 찾았다. 그리고 계획 의도와 추구하는 궁극적인 목표를 설명하라고 했다. 아무리 열심히 준비해도 그의 냉철한 질문과 문제를 꿰뚫는 통찰은 헤아릴 수가 없었다. 그냥 무방비 상태로 있다가 다시 머리를 싸매는 게 나았다. 처음에는 너무 힘들었다. 팀장도 과장을 어려워해서 나서지도 않고 그렇다고 기획서 내용을 수정하거나 대신 작성해 주지도 않았다. 지금 생각해 보면 팀장도 잘 몰랐던 것 같다. 그러니 오로지 담당자가 과장의 의도를 파악해서 맞춰야 했다. 직원들은 그분의 생각을 따라잡지 못했다. 당장 앞에 놓인 문제도 해결 방안을 찾지 못하는데 먼 훗날 일어나지도 않는 상황까지 고려하면서 꼼꼼하게 계획서에 담아야 했으니 보고서 작성이 쉬울 리가 없다. 그래도 시간이 모든 것을 해결해 주었다. 그의 명령 스타일을 익히면서 그가 담기를 바라는 시정 방향과 업무 가치가 무엇인지 찾아가는 과정으로 이해했다. 기획서는 감정이 실리면 소설 같았고, 너무 간단하면 군대 지시문처럼 딱딱했다. 그래도 선임들의 잘 만들어진 보고서를 커닝해 가며 간신히 따라잡고 있었다. 사람들은 그를 보고 '흠잡을 데 없는 유능한 관리자'라고 했지만 내가 볼 때는 까다롭고 맞추기 어려운 사람이었다.

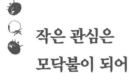

작은 관심은
모닥불이 되어

　여름이 지나고 느닷없이 동아리 회장이 영어 연극을 하자고 했다. 그것도 다음 달 월례조회 시간에 직원들 앞에서 공연하는 조건이었다. 여기저기 불만들이 쏟아져 나왔지만 곧바로 연극 연습에 돌입했다. 2년 전부터 한창 동아리 열풍이 불었고 나는 영어 동아리에 가입되어 있었다. 공연은 『춘향전』의 영어 버전이었다. 중요 장면만 극화해서 영어 시나리오를 작성했다. 퇴근 시간이면 대회의실에 모여 대본을 읽고 무대 동선을 정했다. 맡고 싶은 배역이 있었지만 소심한 성격에 나서지 못했다. 무엇보다 비주얼이 보태주지 않았다. 처음 공연을 한다 했을 때는 그렇게 열심히 나오던 멤버들이 날이 갈수록 소극적으로 대처했다. 본격적으로 배역이 정해지자 나를 포함한 나머지는 할 일이 없는 거였다. 연습조차 시들해질 무렵 회장이 긴급 소집을 요청했다. 나는 잔무가 있어 늦게 참석했는데 꽤나 심각했다. 공연을 포기해야 한다는 얘기까지 나왔다. 회장은 연극은 주인공만 있다고 되는 게 아니니 각자 역할을 맡아달라고 했다. 솔직히 나도 작은 배역이라도 하고 싶었지만 그마저도 낙점이 안 되어 심통이 나 있기도 했었다. 그런데 회장의 말대로 모두가 무대에 올라갈 수는 없는 노릇 아닌가. 그때 누군가가 자기는 간식을 담당하겠노라고 했다. 나는 물품 담당 스텝을 자처했다. 거의 모든 동아리 회원들은 보직을 정했다. 의상, 메이크업, 대본 연습 도우미, 주인공 대타까지.

우리는 바빠서 오지 못하는 회원들 몫까지 챙겨가며 한 달간 맹연습을 했다. 몇 달 후, 연극은 성황리에 끝났다. 맨 앞줄에서 연극을 관람하던 시장님이 직원들의 기량이 뛰어나다면서 입에 침이 마르도록 칭찬했다는 말을 들었다. 무대에 오른 동료들은 연극이 끝난 후에도 관심과 시선을 받았다. 은근히 부러웠다. 나도 잘할 수 있었을 텐데, 무대에 섰더라

융통성 좀 없다고 그만둘 순 없잖아

면 얼마나 좋았을까 하는 그런 아쉬움이 오랫동안 남았다.

며칠 후 과장님과 팀 회식이 있었다. 식사 도중 자연스럽게 영어 연극 얘기가 나왔다. 내 앞자리에 앉아 생선회를 연신 먹어대던 동료가 나에게 물었다. "주사님도 영어 동아리라며? 근데 한 번도 안 나오대, 왜? 얼굴에서 잘렸나?" 지금이라면 직장 내 괴롭힘으로 걸고넘어질 일이었지만 참았다. 나이, 직급, 아부, 그 어떤 것으로도 그를 이길 수는 없었다. 그저 씁쓸하게 웃으며 버너 위에 올라앉은 매운탕만 멀뚱멀뚱 쳐다봤다. 너무 끓어 불을 줄이지 않으면 동태 눈알이 곧 튀어나올 것 같았다. 내가 영어 동아리였다는 사실조차 말한 적이 없는데 그가 알고 있었다는 게 놀라웠다. 더구나 연극에 얼굴 한 번 나오지 않은 사실까지 아는 저 인간은 도대체 안테나가 얼마나 높은가 말이다. 괜히 무슨 큰 잘못이라도 들킨 사람처럼 얼굴까지 빨개졌다. 그때 과장님이 웃으셨다. "참 그랬지. 일하랴 연극하랴 애썼지?" 나는 과장님도 나를 놀리나 싶었다. 연극에는 나오지도 않는데 뭘 애썼다고 말하는 것인지. 거기다가 계속 그런 활동이 조직 활력소니,

이번 연극이 굉장히 창의적이었다는 칭찬까지 하는 거다. 너무 그렇게까지 하니 이번에는 서운함을 넘어 짜증이 훅 올라올 참이었다. 그때 "아, 그런데 말이야, 여러분들이 이걸 봤는지 모르겠는데 오 주무관이 아주 중요한 걸 했어. 뭐야, 그게 소품 담당이었나? 무대가 어두워지면 조용히 올라가 물건을 치웠다구. 처음엔 몰랐지. 그런데 자세히 보니 아는 사람인 거야. 불꺼진 무대로 재빨리 올라와 방금 전에 썼던 물건을 들고 내려가는데 여러분, 이거는 알아야 해. 연극이든 영화든 주인공만 있다고 만들어지는 것은 아니잖아. 그 안에는 시나리오를 쓰는 사람, 의상이나 소품을 챙기는 사람, 하나의 무대를 완성하기까지 얼마나 많은 사람들이 기여하고 있는지. 나는 그런 면에서 오 주무관의 역할이 멋져 보였어. 잘했어."

뭐야, 이 말은 예전에 황정민 배우가 대종상 영화제에서 남우주연상을 받고 발표한 소감, 그 유명한 '밥상과 숟가락' 멘트 아닌가. 이것을 우리 과장님이 하시다니. 고개는 들고 쳐다보지는 않았지만 과장님 옆 팀장님은 고개를 연신 끄덕

융통성 좀 없다고 그만둘 순 없잖아

이고 있었고, 내 비주얼을 지적했던 주무관은 무슨 고약한 걸 먹기라도 한 것처럼 얼굴이 일그러져 있었다. 더구나 그날 과장님은 시장님 옆에 앉아 연극의 주인공만 보는 게 아니라 보이지 않는 곳에서 묵묵히 일하는 사람들을 챙겨야 한다고 감히 조언까지 했다고 했다. 1995년 7월부터 시작된 지방자치단체장 선거가 시작됐고 당시도 이미 선출직 시장이었다. 대부분 초선이라 직원들까지 속속들이 알지는 못했다. 과장님은 그런 맹점을 지적하며 인적 자원 관리 방향을 넌지시 던진 셈이다. 과장님 이야기가 계속되는 동안 괜히 어깨에 힘이 들어갔다. 공연히 눈물까지 나려는 것을 참고 물컵을 들어 한 모금 마셨다. 단순한 무대 스텝, 별로 주목받는 위치는 아니다. 나이도 있고 영어도 나름 한다고 생각했는데 무대 소품이나 담당하고 있으려니 아무리 자청했어도 자존심이 상해 있었다. 연극이 있던 날 평소 입지 않던 옷을 입고 고개도 한번 쳐들지 않았었는데 과장님은 용케 알아본 거다. 평소 일만 시킬 줄 알지, 사람에게 별 관심이 없는 줄 알았는데 반전이었다. 게다가 이렇게 훌륭한 언변으로 나를 무시한 저 재수 없는 인간에게는 시원하게 어퍼컷을 날렸다. 모든 사람이 나를 욕하고 기만해도 누군가 한 사람, 나의 진심을 알아주는 그 누군가가 있다는 것이 얼마나 든든한지 그날 알았다. 그 작은 관심은 많이 힘들었던 공직생활에 작은 모닥불이 되어 나를 지켜주었다. 그분도 퇴직하신 지 오래되었다. 이분은 사사로운 정에 이끌리는 타입이 아니었다. 개인적으로 대외적인 활동은 많이 했지만 후배들이 어려워할까 봐 항상 조심하셨다. 나는 이분을 내가 만난 사람 중 '최고의 리더'라고 생각한다. 나는 가끔 쉽게 해결되지 않는 일들, 사람과의 사이에서 벌어지는 소소한 갈등이 있을 때 그때의 일을 떠올린다. 지금은 세대가 다르고 행정 환경도 너무 달라졌다. 하지만 리더는 어떠한 부서원이든 차별 없이 넓게 품어 줄 수 있는 포용력이 무엇보다 필요하다는 것을 그를 통해 배우고 있다.

융통성 좀 없다고 그만둘 순 없잖아

Chapter 5

다르게
바라보기

당당하게 스테이크,
90년생이 왔다

나를 인정해 주는 상급자를 만나 일할 맛을 느낄 수 있는 기간은 기껏해야 1년 아니면 2년이다. 그만큼 일반직은 전출, 전보가 잦다. 누군가는 공무원이 전문가가 될 수 없는 이유 중 하나로 순환보직을 꼽았다. 뭔가 배울 만하면 자리를 옮기기 때문에 넓게는 알지만 깊게는 모른다는 뜻이다. 그렇지만 달리 생각하면 순환보직을 통해 새로운 희망을 갖기도 한다. 특히 격무 부서에 오래 있으면 피폐해지기 마련인데 자리를 옮기면서 전환점을 맞기도 한다.

7급부터는 조직 내에서 기반을 튼튼하게 마련하는 때다. 8급까지는 자기에게 주어진 업무와 주변 동료, 팀장 정도만 알아도 큰 어려움이 없지만 7급으로 가면 헤엄칠 공간이 넓어진다. 나만 잘해서는 안 되고 주변의 도움이 반드시 절실한 상황이 온다. 주변 덕에 나는 무사히 7급을 마치고 6급까지 승진했다. 직급이 올라갈수록 일이 편해진다고는 하는데 그건 모르는 말이다. 실무자처럼 서류와 모니터 볼 일은 적어지지만 책임감은 더 크고 무겁게 된다. 90년대생이 물밀듯 들어왔다. 초창기 6급 팀장 때 한 부서에 한두 명에 불과했던 90년대생이 지금은 한 부서에 30% 이상을 차지했다. 세대가 빠르게 변하고 있었다. 그런 변화의 한 축에서 90년대생 팀원을 만났다.

"스테이크요." 생일을 맞이한 팀원이 먹고 싶다는 메뉴였다. 돌아오는 일요일이 그녀의 생일이었고 휴일이라 미리 축하 인사를 건네며 "밥이나 사줄까? 뭐 먹고 싶은 거 있나?"라고 물은 내 질문에 대한 대답이었다. 스테이크라, 오십 줄에 들어가면서 채식을 좋아하게 되었다. 그런데 따로 밥이 나오는 삼겹살이나 돼지갈비도 아니고 스테이크라니. 보통 누가 밥을 사준다고 하면 사주는 사람의 취향에 맞추기 일쑤다.

그런데 말이 떨어지기 무섭게 단 1초도 고민하지 않고 개인의 취향을 당당히 날리는 생소함에 살짝 당황해서 고개를 들었다. 그녀의 맑은 눈동자에 웃음기가 서렸다. "역시 90년대생은 다르구나, 취향이 확실하네." 당황한 마음을 들키지 않으려고 에둘러 말하며 근처 스테이크 집을 검색하자고 했더니 그녀는 평소 가고 싶은 곳이 있다면서 위치까지 말해 줬다. 우리는 퇴근길이라 각자 차를 가지고 가기로 했다. 내가 먼저 도착해서 자리를 잡았다. 초보운전인 그녀는 아무래도 늦었다. 종업원이 물과 메뉴판을 주고 갔다. 가격이 꽤 비쌌다. 나는 예전에 상급자가 밥을 사준다고 하면 부담되지 않을 수준으로 메뉴를 정했다. 아마 나 정도의 나이라면 대부분 그랬을 거다. 상대는 젊고 사회 경험도 적으니 그런 거겠지 하면서도 웃음이 나왔다.

내 꿈은
'노조위원장'

우리 팀은 나를 포함 총 4명이었다. 팀원 둘은 남자로 나이 많은 차석과 그녀보다 나이가 많은 신규 사이에서 그녀는 징검다리 같았다. 일도 잘했고 무엇보다 자기 주장이 분명했다. 식당은 한적했다. 사회적 거리 두기가 완화된다고는 하지만 손님은 나와 그녀 둘뿐이었다. '상생 국민 지원금' 효과가 한 달도 못 가는 것 같다. 도착하자마자 주문한 안심 스테이크가 나왔다. 김치가 없어서 아쉬웠지만 먹을 만했다. 고기를 썰어 가며 우리는 이런저런 이야기를 나눴다.

공무원 3년 차, 면 행정복지센터가 첫 발령지였고 그곳에서 2년을 버티고 우리 부서로 왔다. 그녀의 꿈은 '노조위원장'

이라고 했다. 너무 생뚱맞아 그녀 얼굴을 가만히 쳐다봤다.
승진을 빨리 하려고 하나? 이른 나이라 과장은 물론 국장까
지도 무난할 텐데 굳이 어렵다는 노조위원장까지 하면서 자
신의 입지를 다질 필요가 있을까? 사실 우리나라는 공무원
노조의 단체 행동권을 인정하지 않는다. 선임된 노조위
원들이 너무나도 열심히 공직자를 위해 활동하지만 행동권
이 없으니 실효성이 없는 게 현실이다. 어떤 때는 오히려 '집
행부 공무원의 하수인'이라는 비난을 받는다. 잘해야 본전,
잘못하면 이미지까지 이상해져 노조위원장을 하려는 사람이
없는 경우도 있다. 그런 노조위원장을 자청하고 나서다니 무
슨 이유인가.

면 행정복지센터에 있을 때 환경민원으로 많이 시달렸다
고 했다. 어느 날 화가 난 민원인이 전화에 대고 "머리가 빈
씨XX"라고 욕을 하더란다. 이 말을 듣고 너무 짜증나 전화
를 먼저 끊었다. 그랬더니 그 민원인은 바로 감사실로 전화
해 공무원이 먼저 전화를 끊었다며 '불친절한 공무원'으로 고
발했다는 것이다. 이어 감사실 직원이 그녀에게 전화를 걸

어 '공무원이 그러면 안 된다'며 꾸지람 비슷한 훈계를 한 것이다. 여기까지 말하고 그녀는 갑자기 나에게 공무원은 민원인한테 쌍스러운 욕을 들어도 참아야 되느냐고 물었다. 먹는내내 김치만 생각하던 나는 씹고 있던 고기를 꿀꺽 삼켰다. 그런 나를 그녀는 빤히 쳐다보고 있었다. 나는 물을 한 모금마시고는 "경험이 없어서 그래. 조금 있으면 무뎌질 거야."했다. 그리고는 예전에 나는 그보다 더 심한 욕을 먹었지만 이렇게 잘 지내고 있다면서 옛말에 '욕을 많이 먹으면 오래 산다는 말도 있다'라는 실없는 농담까지 덧붙였다. 그 말에 그녀가 약간 실망스러워 하는 것 같았다. 다시 고기를 썰기 시작한 그녀가 말했다. 업무가 어려운 것은 얼마든지 참을 수 있지만 내가 잘못하지 않은 일을 가지고 그런 욕을 먹는다는 게 견딜 수가 없었다고. 그래서 그만두고 싶었지만 노조위원장이라도 해야겠다는 생각에 참았다고 했다. 그녀는 잠시 주저하더니 시군에서 공무원이 잘못하면 감사실에서 지적하는데 감사실 직원이 잘못하면 누가 감사를 하냐고물었다. 그러면서 외부 민원은 고충처리위원회나 상급기관이 있지만 내부감사를 조율할 수 있는 곳은 노조, 특히 노조

융통성 좀 없다고 그만둘 순 없잖아

위원장 정도라면 감사실 직원을 혼내 줄 수 있을 거라고 생각했다는 거였다. 얼마나 혼자서 끙끙 앓았으면 이런 생각까지 했을까?

처음 그녀를 화나게 한 것은 자신에게 욕을 퍼부었던 민원인이었다. 하지만 지금은 민원인의 말만 듣고 자신을 불친절한 공무원으로 취급했던 감사실 직원으로 화의 감정이 전이된 거였다. 한차례 모욕을 당해 마음을 추스르지도 못한 상태에서 「지방공무원 복무규정」이나 들먹이고 '품위유지'를 따지고 드는 동료에게 실망한 것이다. 물론 감사실 직원은 잘못이 없다. 오히려 너무나 성실하게 자기 직분에 맞는 처신을 했다. 단지 상대의 입장에서 생각을 덜 했을 뿐이다. 나도 마찬가지다. 그녀가 느끼는 불편한 감정을 그저 옛날에도 그랬으니 너도 참아야 한다는 식으로 말했으니 완전 꼰대였다. 그녀도 민원인의 전화를 먼저 끊은 것은 잘못이라는 것을 알고 있었다. 다만 왜 그랬는지 정도는 물어보고 그다음에 복무규정을 말해 줘도 괜찮지 않냐는 거다. 나도 모르게 "아~" 하고 감탄사가 흘러나왔다. 후식으로 나온 커피까지 마시고 식당을 나왔다. 차를 주차한 곳이 달라서 우리는 문 앞에서 헤어졌다. 헤어지기 전에 나는 그녀에게 "노조위원장에 출마하면 응원해 줄게. 선배들보다 훨씬 문제를 잘 해결할 수 있을 거야" 진심이었다. 아무리 90년대생이 엉뚱하고 자기밖에 모르는 이기적인 세대라고 하지만 나보다는 훨씬 똑똑한 삶을 살아가는 것은 확실하다. 멀어져 가는 그녀의 뒷모습을 바라보면서 저 친구가 내 나이쯤 되었을 때는 어떤 모습일까 생각했다. 김경집의 『인생의 밑줄』에 이런 말이 나온다. '감정을 절제하는 건 과도한 감정을 충동적으로 드러내지 말라는 것이지 무조건 막는 게 아니다. 그런 절제는 억압이며 폭력이다. 감정의 섬세함을 배우지 못한 세대는 불행히도 다음 세대에 똑같은 폭력을 행사한다.'

무조건 참는 감정의 절제도 일종의 폭력이라는 말이 비수처럼 꽂힌다. 누군가 휘두른 도끼에 상처를 입었는데 상처를 들여다보며 약을 발라주지는 않고 그저 남들이 상처를 볼 수 없도록 상처만 덮으려고 한다. 상처를 감당하는 것은 오롯이 주인의 몫, 그저 곪아 터진 상처가 저절로 나을 때까지 오랜

용통성 좀 없다고 그만둘 순 없잖아

시간을 견디라고 한다. 나도 견뎠으니 너도 그래야 한다는 논리. 나이를 헛먹었다. 경험에서 오는 지혜니 어쩌니 하는 말로 왜 자꾸 어린 친구들을 '가르치려' 드는지 모르겠다. 섬세한 감정을 다스리는 법을 배우지 못해서 그럴지도 모른다.

고민의 지점

그는 가는 날까지 후임자에게 업무를 인계하고 있었다. 업무 기간이 길지 않아 전해 줄 것도 없는데 무얼 말해 주는지 대화에 열중해 있다. 그도 나처럼 이 팀에 온 것이 3개월밖에 되지 않았다. 그리고 내일 날짜 기준으로 상급기관으로 전출된다. 참 살뜰하고 영민한 친구였다. 거의 대부분 열심히 일하지만 그처럼 자신의 일에 열정을 가지고 책임감 있게 추진하는 경우는 드물었다. 열심히 하는 것과 잘하는 것은 분명한 차이가 있음을 그를 통해 알 수 있었다. 한 달 전 그가 상의할 게 있다면서 대화를 요청했다. 단순한 업무 문제가 아닌 것 같아서 구내매점으로 내려갔다. 커피 한 잔을 시켜 놓고 한참 뜸을 들이던 그가 상급기관 전출 얘기를 꺼냈다. 이

융통성 좀 없다고 그만둘 순 없잖아

제 겨우 3개월이 지났다. 새로 맡은 업무에 가속도가 붙어 이 것저것 구상해 놓은 것도 많았다. 함께 추진할 프로젝트까지 만들어 놓고 어떻게 진행할 건지 아이디어 회의를 세 번 정 도 진행한 상태였다. 그런데 갑자기 전출이라니. '이 사람도 별수 없구나.' 처음 든 생각이었다.

9급 지방공무원 시험 응시자격은 응시 지역이 가족관계등 록지이거나 주민등록이 되어 있으면 된다. 실제 거주는 하 지 않아도 지역만 해당되면 시험은 볼 수 있게 된다. 공시생 에게 지역은 중요하다. 지역마다 채용 인원이 달라 많이 뽑 는 지역에 원서를 내야 하기 때문이다. 실력자라면 어느 곳 이든 상관없지만 시험에 부담을 느끼는 준비생들은 보이지 않게 촉각을 세운다. 그렇게 눈치껏 원서를 내고 실력과 운 이 따르면 합격의 영광을 안게 된다. 진짜 실력은 이 다음부 터다. 이런 쪽에 탁월한 감각이 있는 몇몇은 기간이고 뭐고 없이 자신의 스케줄대로 요리조리 옮겨간다. 의무 복무기간 이 있지만 제한 범위를 넘은 방법들, 상급기관 전출이나 인 사교류를 백분 활용한다. 지방에서 인력수급만 제때 된다면 왜 발을 묶어두겠는가? 공무원 시험은 일 년에 한 번 또는 두 번 정도 치러진다. 다음 인력 충원까지 최소 6개월에서 1년을 버텨야 한다는 얘기다. 그러니 채용되자마자 실거주 지역으로 가고 싶은 신규 공무원을 간신히 어르고 달랠 수밖에 없다. 간신히 달래서 교육하고 다양한 업무 경험을 쌓게 하면서 슬슬 비중 있는 업무를 맡기려는 찰나 다시 본래 거주지 또는 전출을 가겠다고 한다.

이에 반해 대도시권은 훈련받은 경력직을 가만히 앉아서 넙죽 받아먹는 셈이니 열악한 기초자치단체는 늘 악순환을 겪을 수밖에 없다. 오죽해야 농촌지역 자치단체를 '신규 공무원 양성소'라고 할까? 요즘 MZ세대는 1년마다 현타를 겪는다는 말이 있다. 몇 년 전만 해도 3년이라고 하더니 심적 갈등이 잦게 오나 보다. 누군가는 진짜 자기 집으로 가기 위해 인사상담을 요청한다. 시험을 보기 위한 연고지였기 때문에 지역에 대한 애착심은 덜하다. 더구나 가족도 없고 아무런 연고도 없으니 새내기의 외로운 마음을 달랠 길이 없을 것이다. 집으로 또는 집 근처라도 가고 싶은 거다. 하지만 지방

융통성 좀 없다고 그만둘 순 없잖아

자치 단체의 입장에서는 인재 유출이 너무 많다 보니 제동을 걸 수밖에 없다. 의무복무기간을 법으로 정해 놓았다. 3년, 이것도 짧다고 해서 2015년 「지방공무원임용령」을 개정하면서 임용권자가 필요하다고 인정하면 5년까지의 범위에서 따로 정할 수 있도록 했다. 우리 시는 5년이었다. 5년이라는 시간은 8급 선임으로 곧 7급 승진을 앞두고 있고, 지역에서 배우자를 만나 가정을 꾸리거나 친구를 여럿 사귀어 그럭저럭 지역 생활에 익숙해지는 시기다. 실제 5년이 지나면서 전출을 포기하는 경우도 여럿 있었다. 그도 그런 줄 알았다. 워낙 성격도 좋은 데다 일도 잘하니 주변에서 칭찬도 많았다. 5년이나 잘 넘긴 그가 갑자기 전출을 희망하다니 뒤통수를 세게 얻어맞은 것 같았다. 혹시 뭔가 서운한 게 있었나 싶어 조심스럽게 물었다. 그런 것은 없었지만 고민을 하게 한 지점이 있었다.

신규 발령을 받고 지금까지 제일 많이 받은 질문이 '어디 출신이냐?'는 거였다. 언제 들어왔는지, 어디서 사는지, 취미는 뭔지 너무 사적인 영역까지 침범해 오는 질문도 있었지만 그 정도쯤 아무것도 아니었다. 하지만 정말 다양한 질문 중에 한결같은 내용이 있었으니 그것은 '어디 출신이야?' 그리고 대답에 이어진 말들, '그럼 곧 가겠네.'였다. 처음에는 그냥 호감 멘트인 줄 알았는데 너무 자주 듣다 보니 정말로 가야 할 것만 같았다고. 그래서 가깝게 지내는 선배에게 그 이야기를 털어놓자 그가 한마디 하더란다. '공무원은 자기 지역에 있어야 클 수 있어.' 그 말의 의미를 몰랐다고 했다. 그저 열심히 경력만 쌓으면 승진도 하고 정착도 하면서 평생 살면 되겠다 싶었다. 그런데 선배의 말을 듣고 주변을 주의 깊게 관찰했다. 일 년에 두 번 하는 정기인사와 어느 날 생기는 변수에 의해 발생하는 수시인사의 흐름을 분석해 본 것이다. 더구나 5년 차 정도 되니 엊그제 들어온 신입만 아니면 웬만한 사람들은 거의 알게 된다. 지역 찬스는 하위직에서는 별 효과가 없지만 상위직으로 올라갈수록 빛을 발하더란다.

선출직 시장, 군수는 유능한 인재를 등용하겠다는 원칙을 세운다. 그 인재의 범주에는 타 지역 사람은 없는 것처럼 보였다. '이번에는 저분이 사무관 승진을 할 거야'라는 소문은

융통성 좀 없다고 그만둘 순 없잖아

돌았지만 한쪽에서는 '출신이 달라서 안 된다'라는 말이 돌았다. 그리고 결과는 정말 지역 출신이 아닌 사람은 동기들보다 늦어지고 있었다. 아직 젊은 그는 크게 신경 쓰지 않아도 된다고 자신을 안심시켰지만 시간이 지날수록 의심이 커졌다.

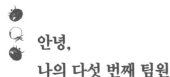

안녕,
나의 다섯 번째 팀원

"이런 조직에서 타 지역 출신인 나는 어디까지 허용받을 수 있는 것인가?" 많은 시간 고민과 생각을 거듭하고 내린 결론이 지역색이 드러나지 않는 상급기관으로의 전출이라는 거였다. 그의 이야기를 들으니 일리가 있었다. 나조차도 공 공연하게 새로 온 직원에게 집이 어디냐를 시작해서 은근히 출신지와 학교를 물었다. 이곳 출신인 사람은 자신의 부모까 지 대동하며 지역 출신임을 밝히지만 출신이 아닌 사람은 평 생 얼굴 한 번 본 적 없는 일가친척이라도 대동해야 일원이 된 느낌이라고 했다. 아, 그렇군. 태어날 때부터 이곳 사람인 나는 겪지 않는 부분이었다. 이해는 됐지만 이 시기에 전출 이라니. 약간 화가 났다. 고작 내 입에서 나온 것은 상급기관

융통성 좀 없다고 그만둘 순 없잖아

도 쉬운 게 아니다. 거기도 학연, 지연을 엄청나게 많이 따지고 오로지 인맥으로만 움직이기 때문에 어렵다 등등 온갖 부정적인 것들만 늘어놓았다. 그리고는 좀 더 생각해 보고 결정하면 안 되겠냐고 했다. 나는 나만 생각했다. 일도 잘하고 약싹빠른 그가 항상 내 옆에서 '예, 알겠습니다.'를 연발하며 고분고분 있어 주기를 바랐는데 그 희망이 깨진 것이다. 전출에 동의할 마음이 없었다. 얼마나 이기적이었는지 모른다. 내 말을 듣는 그의 표정이 어두웠다. 하지만 결국 그는 전출을 선택했다. 많이 서운했다. 그의 발령이 내정되자 동료들은 정말로 아쉬워했다. 그가 얼마나 직장생활을 잘해 왔는지 알 수 있었다. 그의 소식을 들은 이들이 일부러 찾아와 용기를 주고 응원을 건넸다. 나는 그때까지도 별다른 말을 하지 않았지만 좁은 속을 들킨 것만 같았다. 어차피 1~2년 뒤에는 각자 다른 부서로 움직이는데 무엇 하러 그런 쓸데없는 말을 했을까? 전출을 결정했던 그 사람의 입장을 조금이라도 생각했더라면 어땠을까? 팀장이라는 사람의 마음이 간장 종지만도 못하다는 것을 적나라하게 보여 준 꼴이었다.

그가 떠나기 전날 서점에서 책을 한 권 구입하고 책 속에 짧은 사과 편지를 끼워 넣었다. 다음날 인수인계를 마친 그가 가겠노라고 했다. 전날 조촐하게 송별식을 치렀고 개인 물건도 옮겨 놓은 상태였다. 손에 외투만 들고 있었다. 아쉽고 섭섭했지만 애써 담담한 척했다. 멋쩍게 서 있는 그에게 포장된 책을 건넸다. 그를 똑바로 볼 엄두가 나지 않았다. 그가 가고 두어 달 지나 전화가 왔다. 책 속에 있던 편지를 지금서 봤다고 했다. 새로운 곳으로의 이동은 설레면서도 낯선 긴장감에 힘들었다고. 힘들 때는 지난 날 이곳의 즐거웠던 일상을 기억했다고. 나는 참 다행이라고 했다. 그리고 그는 나에게 고맙다고 연거푸 두 번이나 했다. 첫 번째는 전입 이야기를 꺼냈을 때 많이 아쉬워했던 나를 보면서 자기가 잘못 살지는 않았다는 느낌을 받은 것이고 두 번째는 생각지 못한 편지로 위로를 받은 거라고 했다. 가슴속에 시원한 바람이 불었다. 부디 그의 조직은 출신지나 학력을 중요하게 여기는 곳이 아니기를 바란다. 다섯 번째 팀원이었던 그가 떠나고 아홉 번째 팀원까지 만났다.

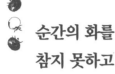

순간의 화를
참지 못하고

    아침 신문에 '순간의 화를 못 참고, US 오픈 참사'라는 제목의 기사가 실렸다. 세계적인 테니스 선수 노박 조코비치(세계 1위, 세르비아)의 공이 선심의 목을 강타하는 사건을 두고 이르는 말이었다. 2020년 9월 7일 미국 뉴욕 빌리진 킹 내셔널 테니스 센터에서 열린 남자 단식 16강에서 조코비치는 세트를 잃을 위기에 놓였다. 순간 흥분한 그가 베이스라인 뒤로 공을 쳐 보냈는데 이게 선심의 목에 정통으로 날아간 것이다. 다행히 심판은 심각한 부상은 입지 않았지만 경기는 중단됐고 심판은 조코비치의 실격패를 선언했다. 테니스에서 홧김에 친 공으로 심판 등 코트 내 경기 진행요원을 맞추는 행위는 실격 대상이라고 한다. 게다가 대회 탈락은 물론 그간 승리로 받은 상금은 벌금으로 반납까지 했다. 이 일을 통해 조코비치는 "이번 일을 선수이자 한 인간으로서 발전하는 계기로 삼겠다."는 말을 남겼다고 한다. 한 순간의 격한 마음을 추스르지 못하고 저지른 실수가 그동안 어렵게 쌓아 올린 성과를 와르르 무너뜨릴 수 있다는 교훈 을 남기는 사건이었다. 인터넷 댓글에 '성질 좀 죽이지', '그거 잠깐을 못 참나', '선수 자격이 없다'라는 비판이 쏟아졌다. 나는 신문기사를 읽고 댓글을 훑어보며 조코비치가 화가 많은 사람이지만 나쁜 사람은 아니라고 생각했다. 몇 년 전 나의 치명적인 실수도 비슷했다. 지방공무원 업무 중 3D(Three Difficulties)로 알려진 것이 있다. '터미널, 시장, 묘지'. 이 세 가지 업무만 제외하면 크게 스트레스를 받을 일이 없다는 의미였다. 이 세 가지는 '잘해야 본전'이라고 할 정도로 욕설과 집단민원, 각종 고소 고발이 난무했다. 물론 관리만 하는 수준이면 괜찮다. 문제는 이전, 신설, 재건축이란 명분이 결합되면 어마어마한 파장이 나온다. 그중 시장 관리업무를 할 때였다.

조직에서 꽤나 성질 있는 남자 팀장들이 담당했었고 잘만

융통성 좀 없다고 그만둘 순 없잖아

하면 승진까지 연계되는 알아주는 보직이었다. 그만큼 리스크가 높았다. 그런 자리에 내가 가게 되었다. 처음에는 정말 발탁인 줄 알았다. 1년을 지나 1년 6개월, 2년이 될 때까지 변화가 없었다. 발탁은 커녕 점수는 밑바닥 수준이었다. 아침에 눈 뜨면 출근이 싫었다. 오늘은 또 누가 쫓아올지 걱정부터 했다. 팀원도 있고 팀장이 무슨 일을 하느냐고 하겠지만 시장 사람들은 팀원을 상대하지 않았다. 사무실에 앉아 있으면 '여기 팀장 나와'라고 고함치며 사무실 문을 박차고 들어온다. 악다구니로 상대를 제압하려는 사람들이 부지기수였다. 키가 작고 몸집도 호리한 내가 벌떡 일어나 '전데요'라고 하면 '너 말고 남자 팀장 나오라고 해'라며 거들떠도 보지 않았다. 그나마 다행인 것은 굴하지 않고 똑바로 쳐다볼 수 있는 용기는 있었다는 것, '제가 팀장인데 무슨 일이시죠?'라고. 물론 그때뿐이다. 본론으로 들어가면 기차 화통을 삶아 먹은 목소리가 되살아났다. 시장 재건축이 진행되고 있었다. 계획은 이미 4, 5년 전에 있었지만 전임자들은 섣불리 손을 대지 못한 채로 6개월이나 1년 만에 자리를 옮겼다. 처음 발령받고 1년 동안 미친 듯이, 하기 싫다는 팀원을 구슬려

가며 시장바닥을 헤매고 다녔다. 재건축 설계를 진행시키고 영업보상까지 마무리 하는 시점이었다. 다시 6개월이 더 지났지만 나는 옮겨질 기미가 보이지 않았다. 그때만 해도 필수 보직기간이 1년이었다. 인사부서를 찾아가 상담했지만 '마땅한 후임자가 없다', '조금만 더 있어 주면 안 되겠냐'는 말로 오히려 나를 설득했다. 초임 때 불거졌던 그만두고 싶은 욕구가 오랜만에 되살아 난 시기였다. 두 달 후면 2년 째 되는 어느 날, 메일이 하나 날라 왔다. 중앙부처 파견자를 찾는다는 거였다. 보통은 7급 이하 직원 파견이 일상인데 노련한 경력자가 필요해서 6급을 선발한다는 거다. 한 지역에서 25년째 근무하고 있었다. 옮기려는 마음이 있었다면 예전 젊었을 때 갔어야 하는데, 이미 늦었다는 생각을 하며 메일에서 빠져나왔다.

잠시 후 전화가 왔다. 진상 민원으로 알려진 시장 사람이었다. 무허가 건물에서 영업을 하더라도 공익사업에 해당되면 어느 정도 영업보상이 가능했다. 그러나 타협점을 찾을 수 없었다. 걸핏하면 쌍시옷이 섞인 욕설에 듣기도 민망한

융통성 좀 없다고 그만둘 순 없잖아

악담을 늘어놓았다. 그날도 여지없이 나에게 직격탄이 날아왔다. 다짜고짜 "네 까짓 게 팀장이냐? 포클레인으로 머리를 확 찍어 죽일테다. 씨XX아" 뜨거운 불꽃이 수화기를 타고 머리 위로 솟구쳤다. 더 듣고 싶지 않아 수화기를 쾅하고 내려놓았다. 사무실 직원들이 놀란 눈으로 보고 있었다. 잠시 후 이 광경을 본 과장이 나를 불렀다. 나는 과장님이 위로해 줄 줄 알았다. 그동안 힘든 과정을 보아 왔으니 이 정도는 충분히 이해해 주겠지. 하지만 그의 입에서 나온 말은 의외였다. '팀장의 체통'을 지키라는 거였다. 이런 악다구니에도 체통을 지키라니. 실망스러웠다. 솔직히 그런 진상 민원은 한두 번이 아니기 때문에 듣고 있다가 녹취한다고 하면 그쪽에서 지레 먼저 끊는다. 그날은 그동안 참았던 감정을 추스르고 싶지 않았다. 나도 화를 낼 수 있는 사람이라는 걸 알려 주고 싶었다. 상대가 만만하게 보니 경고 비슷하게 던져 주고 싶었던 거다. 그렇게 해 봐야 수화기만 요란하게 내려놓는 정도지만. 그런데 이마저도 허락되지 않는다면 이 조직은 도대체 왜 있는 걸까? 순간 화가 일었다. 과장 앞에서는 '다시는 이런 일이 없도록 하겠습니다. 죄송합니다.'라고 했지만 하나

도 죄송하지가 않았다. 더 볼 것도 없었다. 인사부서로 달려
갔다. 그리고 파견을 가겠다고 했다.

도로아미타불

   6급 정도의 경력자가 생판 모르는 지역에 가서 근무한다는 것은 쉬운 일이 아니다. 중앙부처와의 관계 때문에 반드시 한 명을 보내야 했던 인사부서에서는 큰 걱정을 덜게 되어 좋다는 반응이었다. 그렇게 큰소리를 치고 왔지만 퇴근하는데 슬슬 걱정이 밀려왔다. 저녁을 먹고 가족회의를 했다. 남편은 워낙 내가 힘들어하는 걸 알고 있었기 때문에 오히려 두둔하고 나섰다. 대학에 다니는 두 딸, 아직 중학생인 막내가 마음에 걸렸지만 파견지가 그리 멀지 않다고 생각했다. 금요일에 집에 왔다가 월요일에 가면 됐다. 어쩌면 칠흑 같은 내 인생에 새로운 전환점이 될 수도 있지 않을까? 새로운 희망, 어쩌면 여기보다 더 잘 될 수도 있다고 믿고 싶었다.

그런데 잠이 오지 않았다. 온갖 휘황찬란한 이유를 갖다 붙이고, 근무지 근처 원룸 시세를 알아보면서도 즐거워야 하는데 불안함이 엄습해 왔다. 침대에 누웠지만 정신이 더 말똥말똥 해졌다. 곤히 잠든 남편을 깨울까 봐 거실로 나왔다. 휴대전화로 이것저것 하릴없이 검색을 하고 있는데 시어머님이 나오셨다. 파견 결정을 하기 전에 가장 많이 의견을 나누었어야 할 분이었다. 의견이라기보다는 양해를 구하는 게 맞지만. 나는 어머님께 '죄송하다'고 했다. 어머님은 '네가 알아서 잘했겠지.'라는 말을 하시고는 천천히 방으로 가셨다. 쓸쓸히 뒤돌아가시는 어머니의 뒷모습을 보면서 '이게 맞나?' 하는 생각이 들었다. 왜 가려고 하니? 나도 힘든데 너는 어쩌자고 그 나이에 낯선 곳으로 간다고 하는 거니? 라고 하셨다면 나는 어머님을 원망하면서 파견을 기어코 고집했을지도 모른다.

내가 알아서 잘 결정했을까? 파견 결정을 하게 된 상황을 되짚어보았다. 나 자신에게 정말로 가고 싶은 거냐고 다시 한 번 확인해야 했다. 등수가 높지 않지만 6급 경력이 꽤 높았

융통성 좀 없다고 그만둘 순 없잖아

다. 완전 전출이 아니기 때문에 1~2년 뒤에 나는 다시 이곳으로 와야 한다. 요즘은 파견갔다가 중앙부처로 흡수되는 사례가 거의 없었다. 예전에는 되돌아오지 않고 중앙부처 소속으로 전환이 가능했지만 기존 근무자들의 승진에 저해될 수 있기에 제도를 시행하지 않았다. 물론 당장 업무는 바뀌는 효과는 있겠지만 지금까지 공들인 것들이 와르르 무너지게 될 수도 있는 거였다. 그렇게 되면 지금보다 훨씬 뒤로 밀려날 수도 있다. 너무 성급했다. 낮에 있었던 여러 가지 상황으로 판단이 흐려져 있음을 알았다. 차분히 생각하고 앞으로 다가올 상황을 짚어내야 했다. 정말 가고 싶은 거야? 아니다, 나는 단지 지금의 상황을 벗어나고 싶을 뿐이다. 가고 싶다기보다 힘들다는 표현을 '파견'이라는 도구에 의존한 것이다. 파견 결정을 너무 쉽게 했다는 걸 알았다. 한숨도 못 잤다.

다음 날 출근하자마자 인사팀장을 찾아갔다. 추천해 준 부시장님께 면목이 없었지만 늦게라도 되돌릴 수 있어서 다행이었다. 인사팀장은 상당히 아쉬워했다. 대체할 사람을 찾아야 하니 번거로울 수도 있었다. 이랬다저랬다 변덕을 부린

탓에 인사팀만 궁지에 빠뜨린 나는 꽁지 빠지게 출입문 쪽으로 걸어 나왔다. 뒤통수는 따가웠지만 무거웠던 머리는 가벼워졌다. 그때 깨달은 한 가지, 중요한 결정은 기분 나쁠 때 하는 것이 아니라 오히려 여유 있게 충분히 평온할 때 해야 한다는 것을.

용통성 좀 없다고 그만둘 순 없잖아

좋은 당신에게
가끔 생기는 불행한 일

TV를 즐겨보지 않게 된 것이 아마 2~3년은 된 것 같다. 뉴스가 가장 재미있다고 느껴지면 나이가 들은 거라는데 내가 그랬다. 드라마나 쇼 프로그램에 별로 구미가 당겨지지 않았다. 오히려 8시, 9시 정각에 맞춰 등장하는 낭랑한 목소리의 아나운서 멘트가 청각을 자극했다. 그런데 어느 날부터 대화 주제에 드라마가 등장했다. 여성 시청자가 주 고객인 드라마가 남녀를 불문하고 직장인의 일상 대화 속 주제가 된 지도 오래되었고 주말 내내 몰아보는 시간이 쏠쏠하다는 지인들도 늘어났다.

조금 일찍 퇴근한 목요일, 저녁식사를 마치고 채널을 돌리다 한창 인기몰이 중이라는 드라마를 찾았다. 의사들의 생활을 다루고 있었다. 드라마의 흐름은 고요하고 따뜻했다. 아기를 간절히 원하는 부부가 있다. 하지만 산모의 상태가 좋지 않다. 결국 23주를 버틴 아기는 세상 구경을 하지 못했다. 산모를 담당했던 의사는 안타까운 마음이었지만 누구보다 상처를 입었을 산모에게 긴 메시지를 보낸다. 그중 한 문장이 클로즈업되었다. 'Bad things at times do happen to good people(때로 불행한 일이 좋은 사람들에게 생길 수 있다).' 원래 이 문장은 의대 전공의 교과서에 있다고 한다. 드라마 장면에도 너무나 잘 어울렸지만 사실 이 문장이 줌으로 당겨질 때 오늘 낮에 만난 김밥집 사장님이 떠올랐다.

며칠 전 시청 게시판에 '지역 집단이기주의'라는 제목으로 긴 글이 올라왔다. 내가 관할하는 동네였다. 부끄러운 면모가 드러나는 이야기였지만 참 잘 쓴 글이었다. 실제 당해 보지 않고는 도저히 알 수 없는 설움과 안타까움이 고스란히 전해졌다. 얼마나 억울하면 그랬을까? 궁금했다.

융통성 좀 없다고 그만둘 순 없잖아

점심 장사를 끝냈을 오후 3시경 슬슬 걸어 가게로 갔다. 글에 쓴 것처럼 그 식당 출입구 왼편에는 '쓰레기 무단투기 금지 안내판'이 있었지만 주변은 아주 깨끗하게 정리되어 있었다. 입구에 두꺼운 비닐커튼이 드리워져 있었다. 입구는 좁은데 커튼이 너무 촘촘하고 무거워 좀처럼 열리지 않았다. 여는 방법을 몰라 커튼을 잡고 흔드는데 앞치마를 한 여자가 나와 커튼을 젖혔다. 파리가 들어올까 봐 두껍게 했다는데 사람도 들어 오기 힘들 정도였다. 가게는 다섯 평 정도로 아담했다. 꽃을 좋아하는 건지 아니면 인테리어 컨셉인지 벽마다 마른 꽃이 걸려있었다. 공간 활용을 위해 벽마다 선반을 설치했고 그 위에 스킨답서스가 바닥을 향해 긴 팔을 뻗고 있었다. 때가 지나서인지 손님은 없었다. 여인은 단정한 숏커트에 큰 눈을 가지고 있었다. 마스크에 가려 정확하게 알 수는 없지만 젊어 보였다. 동사무소에서 왔다는 말에 잠시 당황한 듯하더니 대뜸 왜 왔냐며 방어적인 자세로 물었다. 홈페이지 게시판을 보았노라고 했다. 여인은 허공을 향해 긴 한숨을 내뱉더니 잠시 침묵했다. 어색했다. 괜히 벽에 걸린 마른 꽃을 가리키며 저것도 파는 거냐고 물었다. 한때 서울에서 플로리스트를 했었다고. 성실하고 열심히 살았지만 40대 중반에 들어 생각지도 않는 어려움이 닥쳤다. 살아보려고 했지만 생각만큼 회생이 어려워 오랜 서울 생활을 접고 연고지도 아닌 지방 소도시로 내려왔다고 했다. 조용하고 한가로워 보이는 작은 도심 한 귀퉁이에 자리를 잡았다. 경험이 많지는 않지만 원래 음식점을 하던 자리 그대로 인수받았고 이사 오기 전 인터넷과 주위 사람들로부터 전해 들은 이 동네는 유서 깊은 원도심 중심부였다. 근처에 관공서도 있었고 단독주택도 꽤 많았다. 서울 변두리보다 못한 상권이었지만 큰 욕심 없이 성실하게 일하면 자립할 수 있을 것 같아 큰 마음먹고 둥지를 틀었다. 그러나 가게를 열자마자 생각지도 못한 사태가 시작되었고 지난 일 년 동안 하루도 편할 날이 없었다.

문제의 발단은 쓰레기였다. 가게 출입문 왼쪽이 이쪽 지역 쓰레기 집합 장소였다. 음식점 바로 옆이고 위생을 생각하면 눈에 거슬리지 않을 수 없었지만 마땅한 장소가 없었다. 그것까지는 주인도 받아들이기로 하고 대신에 더욱더 가

융통성 좀 없다고 그만둘 순 없잖아

게 앞 청소에 신경을 썼다. 그런데 이 동네 누구도 종량제 봉투에 생활폐기물을 내놓거나 음식물 쓰레기를 규격화된 용기에 담아 내놓지도 않았다. 그저 이것저것 마구 섞여 담은 쓰레기를 검은 비닐봉지에 담아 아무 때나 던져 놓았다. 밤마다 고양이나 들쑤셔놓은 덕에 다음날은 비닐봉지는 다음날 아침 고약한 냄새와 지구상에 있는 모든 파리들까지 모여 초대형 파리 파티가 벌어졌다. 그녀는 줄기차게 청소를 하고 줄기차게 시청에 민원을 넣었다. 명색이 음식점인데 파리한 마리의 접근도 용서할 수 없었다. 하지만 독한 세제를 써서 청소를 하는 것도 하는 것도 하루이틀, 그리고 행정기관에서 치워가는 것도 한계가 있었다. 시청에서 직원들이 주민들에게 전단지를 나눠주고 계도를 했지만 주민들의 쓰레기 투척은 여전했다. 변화를 기대하는 것 자체가 우스웠다. 참다못해 여인은 쓰레기를 버리는 주민들을 지켜보다가 종량제 봉투 사용을 요구했다. 이렇게까지 사정하면 조금은 이해해 줄 줄 알았다. 정말 많지는 않지만 1%의 가망이라도 있지 않을까. 그러나 그녀에게 돌아온 것은 심한 욕설과 비방이었다. 그동안 아무런 문제 없이 버려왔던 쓰레기를 새로운 사람이 오면서 불편하게 만들었다고 몇몇 노인들이 동네 사람들까지 선동하고 나선 것이다. 못 버리게 한다는 이유였다. 자신들이 뭘 잘못하고 있는지를 알지 못했다. 단속 카메라가 있었지만 거의 무용지물이었다. 버린 사람을 추정할 수 있는 단서가 될 만한 것들은 나오지 않았고, 설령 적발되어 과태료를 부과해도 '내지 않고 버티면 없어지는 소소한 벌금' 정도로 인식하고 있었다. 근본적인 대책이 없다 보니 민원이 생기면 청소과에서 후딱 치워준 것도 화근이었다. 여인은 공정하지 않은 행태를 문제 삼았다. 자신은 종량제 봉투를 사용하고 음식물 찌꺼기도 제시간에 내놓는다. 상당히 수고로운 일이지만 그래야 하는 것이 맞다고 생각했다. 하지만 이웃들은 코웃음을 쳤다. 오히려 규정을 지키는 그녀를 가소롭다는 듯이 쳐다보았다. 그래서 음식점 주인은 쓰레기 수거장소를 변경해달라고 요청했다. 그러는 과정에서 또 지역주민들의 반발이 일어났고 여인을 향한 힐난이 심해졌다. 지나가는 노인이 느닷없이 가게에다 대고 손가락질을 하며 어디서 듣도 보도 못한 욕까지 내뱉었다. 힘들게는 살았지만 남에게 그런 험한 말까지 들으며 살지 않은 여인에게는 충격이었다.

융통성 좀 없다고 그만둘 순 없잖아

불면증에 울렁증까지, 제대로 영업을 못 하니 매출은 바닥이고, 가게를 얻으면서 받은 대출금 이자는 쌓여만 갔다. 억울하다는 생각이 들었고 고민 끝에 경찰서에 고발장까지 접수한 상태였다. 물론 저쪽 상대의 이야기도 들어야 하겠지만 굳이 해명을 듣지 않아도 충분히 짐작되었다. 너무나도 익숙한 장면이다. 새로운 규칙에 적응하기보다 오랜 관행을 유지하는 게 쉬운 편이다. 불편을 감수하기 싫은 거다. 아무도 제 집 앞에 수거장 설치를 허락하지 않았고, 도로는 골목길 수준이라 차량 교행도 어려울 만큼 좁았다. 자주 치워 주는 수밖에 없었지만 여인은 종량제 봉투를 사용하지 않는 이들을 왜 그냥 놔둬야 하는지를 계속 문제 삼았다.

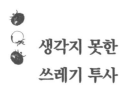

생각지 못한
쓰레기 투사

한 시간 가까이 이야기를 하는 동안 서너 차례 눈물을 쏟아 내던 주인장은 점차 강한 의지를 보였다. 어쩌다 사업 실패로 이곳까지 왔지만 남들에게 입에 담지 못할 욕을 얻어먹고 살지는 않았다고. 그래서 이제는 더 잃을 게 없으니 싸워보겠노라고. 사회질서를 지키지도 않으면서 수시로 인격모독을 일삼는, 그리고도 반성할 줄 모르는 이웃을 상대로 법의 준엄한 판단을 지켜보겠다고 했다. 지금보다 더 좋지 않은 일들이 발생할 수도 있어 '참으시면 안 될까요?'라고 하고 싶었지만 하지 않았다. 내가 이 말을 하는 이유는 내가 관할하는 동네가 시끄럽게 되기를 바라지 않는 지극히 공무원스러운 생각만 주장하는 꼴이었다. 하면 안 될 말이었다. 정말

융통성 좀 없다고 그만둘 순 없잖아

로 그녀를 생각한다면 그 지역을 책임지는 공무원으로서 좀 더 적극적인 해결 방법을 생각해야 한다. 사실 내키지는 않지만 내일은 주민들을 만나야겠다고 생각했다. 물론 그들도 서운한 이야기를 할 것이다.

시간이 꽤 흘렀다. 손님이 들어와 김밥을 주문했다. 그녀는 재빨리 일어나 김밥을 포장해서 손님에게 건넸다. 손님이 나가고 나도 자리에서 일어섰다. 출입구의 묵직한 버티칼 커튼을 밀고 나서는데 그녀가 혼자 말하듯 말했다. "저는 계속 싸울 거예요." 하마터면 '몸과 마음이 더 힘드실 텐데 그만두시는 게 어떻겠어요?'라고 말할 뻔했다. 그녀는 지난 일 년 동안 수없이 생각해 왔을 것이다. 싸움을 멈추려고 했다가도 다시 싸움을 시도하고 또 갈등하고 그런 시간을 보내는 중이다. 스콧 피츠제럴드(F. Scott Fitzgerald)의 소설 『위대한 개츠비』 첫 장면에서 이런 말이 나온다. "남을 비판하고 싶을 때면 언제든지 이 점을 명심해라. 이 세상 사람들이 모두 너처럼 유리한 위치에 놓여있지 않다는 걸."

내가 그 입장이 아닌 이상 함부로 판단해서는 안 된다. 그리고 나도 성과금 때문에 싸워보겠다고 대들지 않았는가? 이길 승산이 없다고 포기하는 대신 조목조목 따져 묻듯 신청서를 채웠던 내가 다른 이에게는 하지 말라고 한다면 비겁한 사람밖에 되지 않는다. 물론 말린다고 듣지도 않겠지만 남의 감정을 함부로 판단하고 해법인 양 제시하는 것 자체가 그 사람을 무시하는 처사다. 김밥집을 나서는데 시계는 5시를 가리키고 있었다. 녹음이 짙어지기 시작한 7월, 벌써 찾아온 더위에 가게 앞을 지나는 사람들이 지쳐 보였다. 무겁게 늘어진 버티칼을 양옆으로 벌리며 나오는데 주인이 잘 가라고 인사를 한다. 뒤돌아보니 새하얀 앞치마에 두 손을 곱게 포갠 채 허리까지 굽히고 있다. '규정을 지키는 사람'에게 나오는 반듯한 품위에 내 허리도 저절로 굽혀졌다.

융통성 좀 없다고 그만둘 순 없잖아

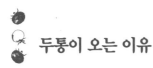

두통이 오는 이유

두통이 없는 편이다. 주변에서 누군가 머리가 아프다고 하면 얼마나 괴로운지 잘 모른다. 물론 생리 주기에는 간혹 두통이 있기는 했지만 하루만 지나면 말짱해져서 두통의 힘듦은 내 삶에 주어지지 않은 줄 알았다. 굉장한 오판이었다. 저녁부터 시작된 두통은 새벽 2시 32분에 나를 기어이 침대에서 끌어내렸다. 스마트폰을 보다 책을 들었지만 글자가 눈에 들어오지 않는다. 다시 잠들지 못하는 시간이 주어졌다. 이런 게 불면이구나. 거의 4시간이나 누워 있었지만 오만 가지 생각으로 뒤엉킨 머리를 끝내 비우지 못한 채 출근 준비를 했다. 많은 이들이 기피하는 '불면'이라는 손님을 만나고 보니 정말 생활 자체가 힘들 수도 있겠다는 생각이 들었다.

아침을 먹고 혹시나 하는 마음에 비타민 두 알을 털어 넣었다. 부러 상쾌한 듯 현관문을 나서면서 마음을 추스른다. 운전대를 잡자 두통이 점차 사라지는 것 같다. 엄밀히 따지면 사라지는 게 아니라 일하러 가야 하는 부담에 밀려 머릿속 어딘가에 잠시 내려놓은 것뿐이겠지만. 다시 튀어나오지 않게 하려면 원인을 찾아야 한다. 정말로 몸에 문제가 생긴 건지. 단순히 복잡한 생각으로 얽혀버린 뇌 회로의 과부하인지. 전자는 병원을 가야 하니 일단 머릿속을 뒤져본다. 12월이면 거의 모든 공무원들이 다음 해 예산편성을 두고 의회와 신경전을 벌인다. 지난 4일부터 벌써 2주째 의회 상임위원회와 거친 씨름을 했다. 예산이 너무 많네, 쓸데없는 데 투자하네 마네, 등등 지자체 실무진의 입장에서 본다면 자신들의 귀는 틀어막고, 무조건 공무원을 압박하려는 심사처럼 느껴진다. 그런 상황에서 뒤로 물러선다면 기껏 올린 예산은 무용지물이 된다. 국회의 부처별 예산안 심의 현장에서 벌어지는 다양한 양태들이 지방으로 내려와 축소판으로 벌어진다. 국가 경제도 긴축재정인 마당에 지방이라고 풍족할 리가 없다. 이미 예산 부서로부터 한 차례 난도질을 당한 예산이라

융통성 좀 없다고 그만둘 순 없잖아

모두 무사히 통과되어야만 한다. 그래야 내년도에도 주민들로부터 요구받은 일들, 자체적으로 해결해야 할 문제들을 무난하게 처리할 수 있다. 그래서 수일 전부터 직원들과 긴밀하게 준비를 한다.

예산서가 만들어지면 보조자료를 통해 대략적인 쓰임을 익히고 다음에는 팀별로 모여 앉아 사업별 추진방법을 논의하면서 명확한 논리와 이유를 축적한다. 그 과정에 부서장은 모든 담당업무의 지휘자이면서 부서원의 대변인이 된다. 예산에 들어 있는 모든 산출 내역을 달달 외우면 좋겠지만 그건 현실적으로 어렵고 단지 흐름과 쓰임을 잘 엮어 두어야 한다. 공부를 해야 한다. 순전히 예산 편성을 위한 심의회지만 업무 전반에 대한 궁금증을 풀어놓는 자리이기에 폭넓은 학습이 필요한 셈이다. 어느 때보다 부서원들에게 많은 자료를 요구하고, 부서원들도 자료 준비에 초과근무까지 한다. 부서원의 자료 상태에 따라 나의 신경도 날카로워진다. 마음을 가다듬고 의연해지려고 하지만 궁색한 답변이 나올까 불안이 엄습해 온다. 그렇다고 표시 낼 수도 없다. 그렇게 며칠을 보내고 오늘은 막바지 최종 심의가 있는 날이었다. 이미 세 차례나 불려 가 답변을 했고, 나름 논리를 구성해 열심히 설명했지만 의원들의 마음을 잡기는 쉽지 않았다. 시간 제약이 있어 한없이 설전을 보내기도 어려운 상황이라 대충 하고 나왔더니 4건이나 삭감되어 있었다. 그게 바로 어제였다. 그날 오후 퇴근 후 친구들과 만나 비싼 소고기를 먹었다. 같은 직장 동료로 만나 이젠 친구로 지낸 지 30년. 꼬박 회비를 걷어가며 해외여행을 다짐했지만 그마저도 쉽지 않아 지난번 간신히 대만을 다녀온 게 전부였다. 그래도 각자의 생일과 신년회, 송년회는 꼭 빠뜨리지 않고 모였다. 든든한 재정에 맞게 그 비싸다는 간장게장이나 한우 스테이크를 잘근잘근 씹어가며 우리의 소소한 일상도 함께 씹는 게 큰 즐거움이다. 거나하게 저녁을 먹고 근처 가까운 카페로 이동했다. 저녁이라 '불면'이 걱정되는 나이, 모두 대추 생강차를 주문했다. 번화가가 아니어서 그런지 손님은 우리밖에 없었고 생각보다 빨리 주문한 차가 나왔다. 도자기에 진심인 주인의 취향인지 오지항아리처럼 생긴 찻잔 속에 잣과 대추가 둥둥둥 춤을 춘다. 찻잔을 들고 마시려고 입술을 오므리는데 스마트

융통성 좀 없다고 그만둘 순 없잖아

폰 진동이 울렸다. 슬쩍 보니 부서 단체톡방이었다. 퇴근시간을 훌쩍 넘긴 시간, 그때서야 부서별 삭감 내역이 공지된 것이다. 이때까지도 누군가는 퇴근을 하지 않았구나.

　친구들은 대화에 열중하고 있었고 나는 한 모금 마실 때 입 속으로 빨려 들어오는 잣과 대추 조각을 야무지게 씹어대며 문자를 살폈다. 삭감의 이유를 찾기에 너무나 궁색한 내역이었다. 이건 뭐지? 내 설명이 부족했나? 막연한 궁금증에 고개가 절로 좌우로 저어지는데 달콤하다 생각했던 차 맛이 쓰게 느껴졌다. 끊임없이 흘러넘치는 친구들의 입담에도 불구하고 나는 섞이질 못했다. 그저 머릿속에 떠오르는 생각은 어떻게 만회를 해야 하는지, 다시 논리를 짜맞추어야 한다는 생각이 차오르고 있었다. 그리고 그때부터 바로 두통이 시작됐다. 9시 30분이 되어서야 집으로 돌아왔다. 부랴부랴 씻고 침대에 누운 시간이 11시였다. 잠시 사라진 듯했던 두통이 또다시 밀려왔다. 이마와 전두엽 사이, 원활하던 뇌 회로가 갑자기 끊겨 작은 불꽃을 내며 타들어 가는 것 같다. 얼른 작업반을 불러 끊어진 선을 이어야 할 텐데 나의 신체 시스템들은 그저 방관만 하고 있다. 약을 먹을까 하다 습관 되면 안 될 것 같아 참기로 했다. 그렇게 이러지도 못하고 저러지도 못한 채 뒤척인 것이 바로 오늘 새벽 2시 31분까지였다.

융통성 좀 없다고 그만둘 순 없잖아

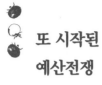

또 시작된
예산전쟁

20여 분 남짓 운전하면 사무실에 도착한다. 좀 이른 출근으로 도로도 막히지 않았고 주차장도 여유가 있었다. 차를 편한 자리에 밀어 넣고 사무실로 곧바로 들어가 삭감된 예산 내역을 다시 들여다봤다. 부서장의 입장이 아니라 시민의 입장으로 이 상황을 어떻게 받아들일지 궁금해졌다. 같은 공무원의 입장이 아니지 않은가? 내년도 사업계획을 되짚어보며 삭감된 예산의 필요성을 매칭해 본다. 그중 2건은 반드시 살려야 하고, 나머지 2건은 좀 줄여도 괜찮을 듯했다. 담당 팀장들과 실무자와 간단히 이야기를 나누고 10시에 다시 예산 심의장으로 올라갔다.

본청과 의회 건물은 구름다리로 연결되어 있다. 눈이 올 것처럼 잔뜩 찌푸린 하늘이 옆구리에 서류를 낀 채 줄지어 가는 우리를 내려다보고 있다. '이기려고 하지 말자' 의회 건물에 발을 내딛으며 다짐했다. 조목조목 따지는 의원들의 이야기를 주의 깊게 들으려고 해 봤다. 삭감을 주장하는 그들의 언어에도 불안함이 묻어 있다. 그럴 수밖에 없는 게 그네들은 경험이 없었다. 정말로 삭감했다가 어떤 타격을 입게 되는지 알 수가 없기 때문이다. 반면에 공무원인 나는 어쩌면 그런 점을 역으로 이용하고 있는 것일지도 모른다. '시민을 위한 것인데 이걸 깎는다면 여러분이 판단하는 필요한 예산의 기준은 무엇인가요?'라는 메시지를 직접적으로 표현하지는 않지만 주저리주저리 내놓았던 단어의 배열에 담겨 있었을 거다. 그러니 마치 무슨 투사라도 된 것인 양 의원들의 지적에 발끈하고 반박해 왔다. 하지만 갑자기 찾아온 두통은 모든 상황을 뒤집어 놓았다. 그렇게 예산을 살리고 싶어 하는 나조차 필요성을 확신할 수 있는가? 전날 의원들과 예산의 쓰임에 대해 옳고 그름이 있는 것처럼 날카로운 대립각을 세웠던 것과 달리 오늘은 한발 물러나 있었다. 오히려 예산이 세워지는 만큼 적정하게 사업을 추진하겠노라고 저자세로 돌입했다. 의원들도 전날보다는 상당히 부드러워져 있었다. 물론 그중 몇 명은 모조리 삭감해야 한다고 선을 그었지만 말뿐이었다. 사업을 위해서는 본예산에 반영되는 것이 당연히 좋다. 하지만 우리에게는 추가경정예산이라는게 있다. 모든 사업들이 본예산에 편성되어 물 흐르듯 시간과 절차를 밟아가면 좋겠지만 그렇지 않을 경우 보완책을 마련한 것이다.

'관료화된 행정'은 겉보기에 그저 옛날 방식만 고수하고 새로움을 거부하는 답답한 모양처럼 보이지만 실제 내부로 들어가면 수많은 절차가 기계식으로 잘 정리되어 매뉴얼대로 움직인다. 그래서 공무원들의 행태가 밖에서 보면 움직이지 않는 돌산처럼 보이지만 내부로 들어오면 상당히 유동적이고 바쁜 일반 기업과 같다. 이틀 후 본예산 심사 결과가 나왔다. 아무것도 삭감이나 조정 없이 그대로 반영이 되어 있었다. 좀 허탈했다. 이렇게 그냥 세워 주면 될 것을 무엇하러 가라 오라 세 차례나 했는지. 혼자 씁쓸하게 웃었다. 당연히 두통과 불면은 바로 사라졌다.

너무 잘하려고 했나 보다. 왜 나는 본예산에 올린 예산이 전부 세워져야 한다고 철석같이 믿고 있었을까? 이런 마음도 오래된 관행에서 왔다. 본예산 심의 때마다 들어왔던 이야기들. 심심치 않게 자기 부서 예산을 확보하지 못하면 부서장의 능력 부족이라고. 아무렇지도 않게 큰소리로 말해 왔던 선배들의 말들이 내게 남아 있었다. 그 예전의 부서장들은 시의원들과의 친밀함을 과시하며 예산 확보를 해 왔다. 주요 예산은 그 지역이 해결해야 할 중요 이슈에 꽂히기보다 힘 있는 의원 중심으로 편성됐다. 그 힘 때문에 만만한 부서는 대폭 깎이는 사태를 겪는다. 일종의 힘겨루기에서 패배자가 되지 않기 위해 부서장들은 직원들을 달달 볶아가며 보조자료를 만들게 하고 없는 논리를 내세우느라 머리가 아프게 되는 것이다. 지금은 많이 달라졌다. 예전보다 지방의회 의원들은 공부를 많이 한다. 특정 분야 전문가도 있고 소신껏 자기 지역을 위해 헌신하는 분들도 많다. 친분이 있다고 봐주기식으로 넘어가는 일은 거의 없음에도 어떻게든 예산은 살려야 한다는 무논리의 반박만 고집했으니 두통이 찾아오지 않았을까? 심의를 마치고 직원들과 커피를 마시며 이런저런 이야기를 했다. 우

융통성 좀 없다고 그만둘 순 없잖아

리가 보지 못하는 것을 시의원들이 오히려 볼 수 있음을 인정했다. 우리가 아무런 의심 없이 집행했던 예산들이 과연 시민에게 정말로 필요한 것인지. 예산은 통과되고 두통이 사라진 오후, 뜨거운 아메리카노가 심하게 끌린다.

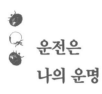

운전은
나의 운명

　전보인사 발표가 나고 3주가 지나서 전화가 왔다. 승진도 아니고 그냥 부서만 옮긴 거라 기대도 하지 않는데 그녀는 너무 늦게 전화해서 미안하다고까지 했다. 그게 미안할 일은 아닌데 말이다. 고마운 마음에 밥을 먹자고 했다. 시청 옆 브런치 카페에서 만나기로 했다. 위치가 좋아 젊은 직원들이 자주 찾는다. 자리에 앉으며 '아, 춥다.'를 연발하며 연한 브라운색 카디건 앞섶을 여몄다. 입은 춥다고 했지만 옷은 따스해 보였다. 예전보다 살집이 붙어 있었다. 마스크를 벗으니 후덕해진 얼굴에 해사한 미소가 번졌다. 잘 지냈냐는 통상적인 인사를 나누고 우리는 창 밖으로 시선을 던졌다. 그다지 깊지는 않지만 단풍작업에 돌입한 벚나무 몇 그루가 눈

융통성 좀 없다고 그만둘 순 없잖아

에 띄었다.

90년대 초반, 신규 발령을 받고 업무 배우느라 정신없는 사이에도 그녀의 스타일은 눈에 들어왔다. 노랗게 물들인 긴 생머리에 짧은 스커트, 때로는 꽉 끼는 청바지, 성의 없이 질질 끌고 다니는 슬리퍼까지. 대충 차린 것 같지만 멋스럽고 세련미가 넘쳤다. 어느 날 아침, 입을 옷을 고르다가 그녀의 자유분방한 옷차림이 떠올랐다. 그 당시 나의 주요 업무는 '가족관계증명서'의 전신인 '제적등본' 발급이었다. 그런데 이 제적등본이 왜 그렇게 남의 자리에 잘못 꽂혀 있는지, 하루 종일 찾는 게 일과였다. 더구나 짧은 치마를 입고 두꺼운 편철장을 꺼내는데 몸을 숙이거나 까치발을 들 때 여간 신경 쓰이는 일이 아니었다. 전날 찾지 못한 제적등본이 생각났던 거다. 공무원 임용되고 한 번도 입지 못한 청바지를 꺼내 입었다. 상의는 자켓을 입어 정장 느낌이 나도록 차려입고 사무실을 들어갔다. 하지만 나의 선택이 잘못되었음을 직감했다. 내가 들어오는 것을 유심히 지켜보던 민원계장님이 나를 불렀다. "오 주사, 대학생 때는 청바지를 입어도 되지만 여기는 안 되는 거 알죠?" 고상하고 점잖은 말투였다. 나는 너무 창피했다. 얼굴이 빨개져 고개를 들지 못하고 있는데 민원대 옆으로 지나던 그녀가 나를 한번 흘깃 봤다. 짧은 반바지를 입고 있었다. 청바지는 안 되고 반바지는 되는 건가? 아무리 생각해도 청바지가 반바지보다는 낫지 않나 싶었다. 그런데 왜 나만 지적을 당하는 건지. 그 이유를 알게 된 것은 며칠 후 현관 앞에서였다.

외부 출장을 가려고 현관 앞을 나서는데 그녀가 검은색 중형차에 몸을 기대고 서 있었다. 열린 차창 사이로 운전자의 얼굴이 보였다. 40대 정도의 남자 어른, 그녀는 운전대를 잡은 그 어른과 이야기를 하고 있었다. 까르르 깔깔, 나막신을 신고 마룻바닥을 지나가는 소리만큼 경쾌하고 가벼운 웃음소리였다. 출장을 함께 나선 남자 직원이 작은 목소리로 내게 말했다. "저 사람이 아버지래. 1호 차(시장차) 운전기사야. 끗발이 대단할 것 같지 않아?" 그녀의 아버지는 운전직 공무원이었다. 지금은 대부분 운전면허가 있고 자가용을 가지고 있지만 90년대 초만 해도 드물었다. 관공서에도 기껏해야 오토

융통성 좀 없다고 그만둘 순 없잖아

바이 정도였고 자동차는 자치단체장이나 의회 의장을 수행하는 용도였다. 1995년 본격적인 지방선거가 실시되면서 선거로 자치단체장을 뽑았다. 선거로 1호 차 주인이 바뀌면 기사도 바꿨다. 전임 시장, 군수를 모셨던 기사라 부담이 컸다. 하지만 그분은 퇴직 때까지 1호 차 기사였다. '전설'이었다.

지금도 자치단체장이나 의회의장이 바뀌면 기사가 바뀌는 일이 종종 있다. 수장의 차를 운전한다는 것은 상당한 권력으로 이어질 수도 있다. 암암리에 가족의 인사를 부탁하고 아는 사람을 천거하는 일이 자연스럽게 이루어질 수 있다. 지금은 「이해충돌 방지법」이니 「부정청탁 및 금품 등 수수의 금지에 관한 법률」 같은 제동 장치가 있지만 30년 전이었다. 하지만 내가 기억하는 그녀의 아버지는 그저 운전에만 충실했다. 그녀의 천방지축은 어차피 결혼과 동시에 사그라졌고 특별한 혜택을 누리지도 못했다. 그녀의 옷차림이나 태도를 문제 삼지 않은 것은 순전히 부서에서 신경을 과도하게 쓴 것이다. 그녀를 나무라면 그의 아버지 귀에 들어가고 그렇게 되면 그녀의 아버지가 수장에게 왜곡된 정보를 전달할지도 모른다는 지나친 걱정 말이다. 그럴 일은 일어나지 않았다. 어쩌면 그것이 그녀의 아버지가 정년 때까지 수장의 차를 몰 수 있는 비결이었나 보다. 내게 남아 있는 그분은 늘 현관 앞에 차를 대고 걸레와 먼지떨이로 먼지를 쓸어 내던 모습이었다. 우람한 몸집, 우직한 눈매와 열릴 줄 모르게 꾹 다문 입술을 가진 그녀의 아버지, 퇴직한 선배 공무원의 안부를 물었다. 아직도 그렇게 멋진 포스로 지내고 계시는지. 마침 주문했던 식사가 나오자 그녀가 배고프다면서 일단 먹자고 했다. 이런저런 자식들 얘기, 각자의 사무실 분위기, 아는 사람들 얘기가 이어졌다.

이윽고 식사를 거의 마칠 무렵 그녀가 아버지 이야기를 했다. '췌장암 말기'였다. 이미 의사가 선고한 기한을 넘기고 있었다. 얼마나 마음고생을 했는지 지금은 눈물조차 나오지 않는다고. 올해 초 소화가 안 된다면서 병원을 자주 찾았다. 약이나 주사 처방으로도 복통이 감소되지 않자 내시경을 했지만 뚜렷한 병명을 찾지 못한 채 아버지는 매일 1kg씩 몸무게가 빠졌다고 한다. 가족들이 너무 걱정스러워 싫다는 아버지

융통성 좀 없다고 그만둘 순 없잖아

를 끌고 서울로 올라갔다. 최종 진단을 받았지만 이미 암 덩어리는 위와 간까지 전이된 상태였다. 마음이 무거웠다. 그녀의 아버지는 병원 치료를 거부하고 집으로 내려왔다. 그리고 매일 뒷산을 오르고 영양식을 챙겨 먹으며 '살 수 있다'는 일념으로 견디고 있었다. 아무렇지도 않은 듯, 그렇지만 자신과 힘겨운 싸움을 벌이고 있는 그런 아버지의 모습이 안쓰러워 그만두라고 하고 싶지만, 병원에서 준 약도 일부러 먹지 않았다고 한다. 약을 먹으면 내성이 생기고 약에 의지해서 운동과 섭식을 중단할지도 모른다는 거였다. 고통이 극에 달했음에도 아버지는 입을 앙다물고 참더란다. 답답했지만 그저 묵묵히 아버지를 응원하고 있다고 했다. 게다가 매일 빼놓지 않고 하는 일과가 차를 몰고 시청에 와서 막내딸 얼굴 한 번 보고 가는 거였다. 그녀가 기운도 없는 아버지가 운전하는 것이 너무 걱정스러워 화를 내며 만류하자 아버지는 '할 줄 아는 게 운전밖에 없고, 하루라도 운전대를 잡지 않으면 살아 있는 것 같지 않다.'라고 하더란다. 그마저도 중단한 지 한 달이 되어갔다. 지금은 너무 쇠약해져서 운전을 못 하게 되자 주말이면 꼭 그녀에게 차를 태워 달라고 했다.

직업에 대한 소명인가? 이른 나이에 공직에 들어와 40년을 운전했다. 지겨울 법도 할 텐데, 영화나 소설 속 이야기 같다. 죽음이 임박해 오는 순간에도 자신이 해야 할 일에 몰두하는 사람. 이제 겨우 일흔일곱밖에 되지 않았다. 친구들과 1박 2일 등산도 거뜬히 하고, 일요일에는 파크골프장에서 신나게 경기 한판 붙어볼 나이였다. 그녀는 포크로 단무지를 찍는다. 손에 힘이 없는지 여러 번 포크질을 한다. "잘 견디고 계시니 걱정 말아" 내 입에서 나온 말이 너무 상투적이고 성의가 없어 부끄러웠다. 며칠 후 그녀의 아버지는 하늘나라로 떠났다. 운전만이 자신의 존재 이유를 설명해 줄 수 있다고 했던 1호 차 기사님, 신이 주신 수많은 선택지 중에 운전을 택했고 오롯이 그 길을 걸었다. 막내딸이 좋아하는 커피 한 잔을 사 들고 운전대에 올랐을 그분, 사랑하기에 너무나 부족한 시간이었다.

융통성 좀 없다고 그만둘 순 없잖아

얼마 남지 않은
공직 생활

어느 정도 나이가 되다 보니 탄생보다 죽음을 자주 만난다. 그리고 인생이 생각보다 짧다는 것을 알았다. 반성과 후회도 필요하지만 하지 못한 일에 대한 욕망을 살피는 일이 중요해졌다. 융통성은 없는 사람이지만 조금은 다르게 살아보고 싶었다. 이제 조직에서 '리더'라고 불릴 만한 초급 간부로 올라왔다. 가끔 '나는 좋은 리더인가?'를 반문한다. 그 좋음의 잣대를 누구를 기준으로 할 것인가를 고민하지만 복잡한 조직, 다른 생각들이 모인 공간에서 정답은 없다. 다만 조직도 변화를 겪는다. 조직을 구성하는 사람에 의해 얼마간은 부서지고 얼마간은 튕겨 나간다. 그러면서 성장한다. 갓난아이가 크게 앓고 나면 영리해지듯, 어제와 같은 사무실이지만 그 안을 채우는 사람은 조금씩 달라져 있다. 변화가 너무 미세해서 알 수가 없을 뿐이다. 그래서 이야기가 생겼다.

한때 그렇게 벗어나고 싶어 했던 공무원, 특별한 뭔가가 되어야 한다는 강박으로 수년을 보냈지만 조기퇴직도 명예퇴직도 못했다. 그렇지만 한 가지 깨달은 사실이 있다. 호기심 많고 열정은 있지만 결정을 미루고 그저 우유부단한 그런 사람이 바로 '나'라는 것. 그런 이상하고 꼴통 같은 행동을 받아들이지 않고는 '진짜 나'는 어디에도 없다. 그나마 도움받은 것이 MBTI다. 모든 것을 설명해 주지는 않지만 수많은 갈림길에서 조금 더 나은 쪽을 선택할 수 있는 작은 팁과 같다. 이 책에는 내가 경험한 것들, 기초 지방자치단체에서 35년을 넘기면서 겪은 일상이 담겨 있다. 비록 두서없고 무슨 말인지 횡설수설에 가까운 문장이지만 쓰고 있는 순간만큼은 즐거웠다. 좋은 사람들과 만남도 좋지만 퇴근하면 공지가 빠지게 집으로 돌아와 노트북을 켜는 순간이 내 인생에서 가장 행복한 시간이었음을 고백한다. 눈도 침침하고 체력도 약해 번번이 쓰기보다 눕기를 먼저 할 때가 많지만 그냥 계속 가

융통성 좀 없다고 그만둘 순 없잖아

보고 싶다. 내 삶에 알게 모르게 영향을 주었던 귀한 인연들이 있듯 대한민국 어디 어디 공무원이라는 표찰을 달고 진상 민원과 한바탕 소통으로 하루를 시작한 누군가에게 닿을 수만 있다면 그것으로 족하겠다.